Tucholsky Wagner Zola Scott Sydow Freud Schlegel
Turgenev Fonatne Wallace
Twain Walther von der Vogelweide Fouqué Friedrich II. von Preußen
Weber Freiligrath Frey
Fechner Fichte Weiße Rose von Fallersleben Kant Ernst Frommel
Richthofen
Engels Fielding Hölderlin
Fehrs Faber Flaubert Eichendorff Tacitus Dumas
Eliasberg Ebner Eschenbach
Feuerbach Maximilian I. von Habsburg Fock Eliot Zweig
Ewald Vergil
Goethe Elisabeth von Österreich London
Mendelssohn Balzac Shakespeare Dostojewski Ganghofer
Lichtenberg Rathenau Doyle Gjellerup
Trackl Stevenson Hambruch
Mommsen Tolstoi Lenz Droste-Hülshoff
Thoma Hanrieder
Dach Verne von Arnim Hägele Hauff Humboldt
Karrillon Reuter Rousseau Hagen Hauptmann Gautier
Garschin Defoe Baudelaire
Damaschke Descartes Hebbel
Hegel Kussmaul Herder
Wolfram von Eschenbach Schopenhauer
Bronner Darwin Dickens Grimm Jerome Rilke George
Melville Bebel Proust
Campe Horváth Aristoteles Voltaire Federer Herodot
Bismarck Vigny Barlach Heine
Gengenbach
Storm Casanova Tersteegen Grillparzer Georgy
Chamberlain Lessing Langbein Gilm Gryphius
Brentano Lafontaine
Strachwitz Claudius Schiller Kralik Iffland Sokrates
Katharina II. von Rußland Bellamy Schilling
Gerstäcker Raabe Gibbon Tschechow
Löns Hesse Hoffmann Gogol Wilde Gleim Vulpius
Luther Heym Hofmannsthal Morgenstern
Klee Hölty Goedicke
Roth Heyse Klopstock Kleist
Luxemburg Puschkin Homer Mörike Musil
La Roche Horaz
Machiavelli Kraft Kraus
Navarra Aurel Musset Kierkegaard Moltke
Nestroy Marie de France Lamprecht Kind Kirchhoff Hugo
Laotse Ipsen Liebknecht
Nietzsche Nansen Ringelnatz
Marx Lassalle Gorki Klett Leibniz
von Ossietzky May vom Stein Lawrence Irving
Petalozzi Knigge
Platon Pückler Michelangelo Kafka
Sachs Poe Liebermann Kock
de Sade Praetorius Mistral Zetkin Korolenko

Der Verlag tredition aus Hamburg veröffentlicht in der Reihe **TREDITION CLASSICS** Werke aus mehr als zwei Jahrtausenden. Diese waren zu einem Großteil vergriffen oder nur noch antiquarisch erhältlich.

Symbolfigur für **TREDITION CLASSICS** ist Johannes Gutenberg (1400 — 1468), der Erfinder des Buchdrucks mit Metalllettern und der Druckerpresse.

Mit der Buchreihe **TREDITION CLASSICS** verfolgt tredition das Ziel, tausende Klassiker der Weltliteratur verschiedener Sprachen wieder als gedruckte Bücher aufzulegen – und das weltweit!

Die Buchreihe dient zur Bewahrung der Literatur und Förderung der Kultur. Sie trägt so dazu bei, dass viele tausend Werke nicht in Vergessenheit geraten.

Russische Frauen

Claude Anet

Impressum

Autor: Claude Anet
Übersetzung: Georg Schwarz
Umschlagkonzept: toepferschumann, Berlin

Verlag: tredition GmbH, Hamburg
ISBN: 978-3-8424-0281-2
Printed in Germany

Claude Anet

Russische Frauen

Novellen

Frauen und Liebe in Rußland

Stendhal wäre von Rußland, wenn er es gekannt hätte, begeistert gewesen. Dort hätte er nirgends jene alle Gefühle verdrängende Eitelkeit angetroffen, die er in Europa so tiefst verabscheute. Doch eine Moral in Liebesdingen hätte er jenseits der Weichsel gefunden, wie sie in keinem anderen Lande erreicht wird – eine gewisse Aufrichtigkeit und Unvoreingenommenheit in allen Gefühlen, ohne jede Trübung durch konventionelle Regeln, einen entschlossenen Willen, jede Liebesangelegenheit für sich allein, ohne Rücksicht auf Überlieferung und Gepflogenheit und vor allem ohne Rücksicht auf die Meinung der Umwelt zu entscheiden. Wirklich findet man in Rußland eine vollkommene Verachtung der »öffentlichen Meinung« – ja, da ich dies niederschreibe, bin ich immer noch allzusehr im Banne unserer westlichen Anschauungen, denn für einen Russen, der liebt, gibt es einfach gar keine andere Meinung, als sein eigenes Gefühl und deshalb kann er sie auch nicht einmal verachten. Jeder Liebeskonflikt ist bloß ein Drama zwischen zwei oder drei Personen, der antike Chor, der in unserer westeuropäischen Gesellschaft niemals von der Szene weicht, hat in der russischen Tragödie keine Verwendung.

Daher dies bezaubernd Ursprüngliche im Entstehen und in der Entwicklung einer Leidenschaft. Die westliche Liebe läßt den Gedanken an einen sorgfältig gepflegten Garten aufkommen, an einen Park, in dem das Wasser durch kunstvoll angelegte Kanäle rinnt, sich in schön zementierten Becken im Schatten sorgsam gestutzter Bäume sammelt und in seinem ganzen Lauf etwas vornehm Zurückhaltendes behält. Immer wieder erkennt man die höhere Mahnung: »Bis hierher und nicht weiter!« Alles Unvorhergesehene und alles, was gegen den vorgezeichneten Plan verstoßen könnte, scheint undenkbar. In Rußland ist solche Beschränkung unmöglich. Da werden weder die Bande des Gesetzes, noch die der Gepflogenheit, ja, ich wage es zu sagen, auch nicht die der Vernunft geduldet. Und daraus entspringt in Rußland der Zwang, täglich sein Leben neu zu gestalten, in jedem Augenblick nur der Logik seiner Empfindungen allein zu gehorchen. Der Russe urteilt niemals, wie etwa ein englischer Richter, nach Präzedenzfällen, er hat keine Überlieferung, jeder Fall ist ihm ein neuer, er fühlt sich frei, ihn immer nur seiner augenblicklichen Stimmung gemäß zu entscheiden. Weder an die Vergangenheit denkt er dabei, noch an die Zukunft. Eine so weitgehende Unmittelbarkeit der Entschlüsse, eine so vollständige Ausschaltung aller gesellschaftlichen Rücksichten, führt, wie man sich denken kann, zu den überraschendsten Situationen und zu den – in unseren Augen – unerwartetsten Zwischenfällen. Aber gerade diese Situationen haben für uns den unschätzbarsten Wert, denn sie sind immer nur der reinste Ausdruck des freien Spiels der Gefühle und Stimmungen und tragen keinerlei Spuren jener schrecklichen, die ganze Gefühlswelt des Abendlandes verseuchenden Frage an sich: »Was wird man dazu sagen?«! Darum muß die russische Handlungsweise, welche Lösung immer sie auch bringen mag, hochgeachtet werden, denn sie fährt unverfälscht aus der Wolke der Leidenschaften und beleuchtet uns blitzhaft die verborgensten Zuckungen des menschlichen Herzens.

In Frankreich und England würden bei gleichen Konflikten erst tausend äußere – fremde – Einflüsse zur Geltung kommen. Ein betrogener Gatte ist, sobald sein Schicksal die Öffentlichkeit beschäftigt, gezwungen, an Scheidung zu denken. Die gesellschaftliche Moral verbietet ihm, aus diesem – man weiß nicht recht warum – als angetanen Schimpf betrachteten Fall andere Konsequenzen zu ziehen.

Sollte er aber, sich selbst überlassen, Neigung zu einer gütlichen Lösung zeigen, so wacht die Gesellschaft darüber, daß er zum Handeln gezwungen werde. Verwandte, Nachbarn, Klubbekannte und Geschäftsfreunde lassen ihm keine Möglichkeit, nach seinem eigenen Belieben zu leben. Das ganze Gewicht der – leider – allmächtigen, öffentlichen Meinung erdrückt den Willen des Gesellschaftsmenschen, der niemals sich allein angehört.

Dieser lastende Einfluß ist unter unseren europäischen Gesellschaftsformen so weit zurückreichend, daß er sich heute gar nicht mehr äußerlich zeigen muß, denn er hat sich schon allzufest in allem Denken und Fühlen, im ganzen Seelenleben verankert. Es ist so weit, daß man sich wirklich zur Frage berechtigt fühlt, ob die Mehrzahl unserer Zeitgenossen überhaupt noch einer spontanen Handlung fähig ist und ob sie nicht einem Erlebnis gegenübergestellt, bloß ganz automatisch den unbewußten Weisungen gehorcht, die ein Leben unter dem beobachtenden Blick von Nachbarn als hundertjährige Tradition ihr einimpfte. In Rußland ist der Mensch noch eine Individualität, die dieser Sklaverei nicht verfiel.

Wie man aber diese Freiheit jenseits der Weichsel verwendet, das ist eine andere Frage. Doch, wenn man sie auch opfert, so ist es kein falscher Ehrbegriff und es sind keine Schicklichkeitsgründe, denen zuliebe dies geschieht denn all das hat nach dortigen Begriffen nichts mit Fragen des Gefühls zu tun.

Ein europäischer Betrachter würde sich sehr täuschen, wenn er aus dieser so schwach entwickelten Rücksicht auf die Umwelt und aus diesem Mangel an Tradition auch auf einen Mangel an Kultur und Zivilisation schließen wollte. Denn es ist nur eine andere, vertiefte, verfeinerte Zivilisation, die hier wirkt, die, voll uns fast unverständlichen Problemen, sich nach fremdartigem Rhythmus und Gesetz entwickelt. Wie ein Brodeln ungebändigter, unerforschbarer, fast immer neu geborener Kräfte, so sind die Kontraste, denen man auf russischem Boden begegnet, in jenem Land, das sechs Monate des Jahres im Schnee versinkt, das einen Frühling kennt, der wie ein Rausch betäubt und dessen Sommer voll asiatischer Glut alles Leben zu Boden drückt.

Don Juan ist in Spanien geboren. Doch er ist ebenso Franzose, wie Engländer oder Italiener. Auf meiner Reise durch Rußland aber suchte ich ihn vergebens. Weder unter meinen Zeitgenossen, noch in den Erzählungen der Frauen, fand ich ihn; auch nicht in alten Sagen oder als Romanhelden verkörpert. Er ist in jener einzigartigen Sammlung russischer Typen nicht vertreten, wie Gogol sie in »Tote Seelen« verewigte, nicht bei Dostojewski, Tolstoj, Lermontow und ebensowenig bei Gontscharow, Griboidow und Tschechow. Puschkin schrieb wohl in Anlehnung an Byron einen Don Juan, doch ohne jeden russischen Einschlag. Und überdies ist sein Eugen Onegin doch bloß ein seichter Dandy. Don Juan, den wahren, gibt es in diesem Lande nicht! (Der einzige russische Don Juan, den ich kenne, ist Prinz Karasow in » *Rouge et Noir*«. Der kleine Vortrag, den er Julien Sorel über Don Juanismus hält, ist ganz vorzüglich, aber dieser Russe scheint mir im Umgang mit uns ganz Europäer geworden, was übrigens nicht unwahrscheinlich ist. Außerdem sehen wir ihn nur in der Rolle eines Beraters. Ist es erwiesen, daß er jene Kaltblütigkeit, die Julien Sorel so imponiert, auch bewahren würde, wenn bei ihm selbst die Leidenschaft mitspräche?) – Kein Don Juan in diesem Lande, in dem die Liebe so leidenschaftlich glüht! Als ich diese Entdeckung machte, sah ich frohbeglückt einen lohnenden Weg für meine Gedanken vor mir, der mich tiefer ins Verständnis der russischen Seele – zum Begreifen Don Juans vordringen lassen würde.

Und ich begann den Ursachen nachzuforschen.

Ein junger Offizier, der den Frauen nachstellt und die Nächte durchschwärmt, ist noch kein Don Juan. Er vergibt seinen Überschuß an Kräften wahllos, in zufälligen Begegnungen, ohne mehr als das rein Physische seiner selbst zu engagieren.

Don Juan aber ist ein zielbewußter Wille, der niemals erlahmt. Er beherrscht die Ereignisse, wie die Frauen, die er in seine Arme zwingt; was immer ihm begegnen mag, er bleibt Herr seiner selbst, Herr der Situation.

Die Kunst der Selbstbeherrschung ist der russischen Liebe fremd. Sie kennt so unvermitteltes Emporlohen, daß jede Dämpfung vergeblich wäre. Und im ewigen Kampf der Geschlechter versucht der Russe gar nicht Sieger zu bleiben. Wenn er liebt, setzt er seinen Stolz darein, sich von seiner Geliebten tyrannisieren zu lassen, sich zu erniedrigen bereitet ihm eine herbe Freude. Für ihn ist immer der Gedanke, sich zu opfern, der beherrschende und dadurch vermeint er – welch verhängnisvoller Irrtum! – sich in den Augen jener, der er sich weiht, zu erhöhen! Schon im voraus ist er bereit, alle Demütigungen zu erdulden und die Frau erspart ihm keine. Wie fern ist dies dem Geiste Don Juans!

Dieses Sichverlieren hat vielfache Folgen. Ich will nur auf eine, im Physiologischen liegende mit jener vorsichtigen Wahl der Worte, die dieses heikle Thema erfordert, hinweisen.

Die Liebe, eine Verbindung der Seelen, ist auch eine Auswirkung des Körperlichen. Weiblicher und männlicher Organismus folgen bei diesem Zusammenklang den Gesetzen ungleicher Entwicklung – der weibliche in der Regel zögernd, der männliche hitziger. Und doch ist es wesentlich, daß sich eine Übereinstimmung ergebe. Das erfordert ein großes Maß von Selbstbeherrschung beim Manne, der es in allen Stürmen seiner Gefühlswelt stets verstehen muß, sich zu gedulden, sich auf die Frau einzustellen, um sie erst dahin zu leiten, wo er selbst schon angelangt ist und sie stets erst dann zu erobern, wenn sie selbst sich verschenken will.

Denkt ein Mann aber nur an sich selbst und überrumpelt er eine Frau, ohne zu überlegen, daß sie noch nicht die gleiche Höhe seiner Gefühle erreicht habe, dann wird sie, abgestoßen, verletzt und enttäuscht, grausame Rache an ihm üben und eine Kette von Mißverständnissen und Verstimmungen wird daraus folgen.

Ein Russe nun, der sich mit geschlossenen Augen seiner Leidenschaft überläßt, wird kaum im entscheidenden Augenblick Herr seiner selbst bleiben und sein ganzes Verhältnis zur Frau wird dadurch gestempelt. Ideal veranlagte Seelen werden sich voll Abscheu vor dieser materialistischen Betrachtung abwenden. Nun, ich will gleich eine weitere anknüpfen, die ihrem Geschmack mehr entsprechen dürfte.

Don Juan ist nicht bloß im Körperlichen der stets Überlegene, auch die Seele will er beherrschen und die Mittel, die ihm dazu verhelfen können, sind ihm vertraut. Gibt es eine Frau, sei sie noch so hohen Standes und so stolz, als man nur annehmen möge, die nicht im verborgensten Dunkel ihrer Seele, vielleicht ihr selbst unbewußt, die heiße Sehnsucht nach einem überlegenen Wesen trägt, dem zu folgen ihr Glück bedeutet? Besteht nicht das Wesentliche der Frauenliebe in Anschmiegung, Unterwerfung, Selbstentsagung zu Füßen des einen Herrn, und ist nicht die Gebärde Magdalenas vor Jesus der höchste Ausdruck weiblichen Glücks?

Unser Russe aber, weit entfernt davon, seine Füße von der Geliebten waschen zu lassen, kennt nur das eine Verlangen, vor jener, die er anbetet, auf den Knien zu liegen und sie mit seinen Tränen zu überschwemmen.

Und doch wird auch er geliebt. Aber welch fremdartige Liebe ist dies, in der Stolz und Seelenadel, heiter ertragenes Leiden und Selbstachtung, die Enttäuschungen nie zugeben wird, die größte Rolle spielen! Die russische Frau hängt stets an sittlichen Gründen. Gute Eigenschaften, die sie an ihrem Geliebten bemerkt zu haben glaubt, vergrößern sich ihr, seltene Augenblicke, in denen er über sich selbst hinauswuchs, werden in ihr zum dauernden Zustand.

Und sie ist so wunderlich ausgestaltet, eine so sonderbare Mischung von allerlei einander widersprechenden Schwächen und Vorzügen – oft begreift man wirklich nicht, wie sie in einem Wesen vereint zu bestehen vermögen – daß man Verbindungen von Mann und Frau in diesem Lande antrifft, die zugleich mit den erkünsteltsten Mitteln aufgebaut und doch wieder erstaunlich dauerhaft sind. Aber was erlebt man auch wieder für aufbrausende Trennungen, die unvermittelt, unerwartet und – unerklärlich sind.

Setzen wir unsere Betrachtungen fort. In diesem Land, in dem die Eitelkeit fast gar keine Rolle spielt, sind die Frauen nicht der Meinung, daß es vorteilhaft für sie wäre als unnahbar zu gelten. Sie geben sich mit erstaunlicher Leichtigkeit und aus so primitiven – oder so sehr komplizierten? – Gründen, daß deren Untersuchung ein besonderes Kapitel, wenn nicht einen ganzen Band beanspruchen würde. Der Widerspruch zwischen Leidenschaft und Wicht, der in unserer Literatur einen so breiten Raum einnimmt, ist der slawischen Seele fast fremd.

Die Frauen in Rußland beginnen dort, wo unsere enden: im Gewähren. Bei uns ist dies der Abschluß, in Rußland aber der Anfang einer Liebe. Dort erfolgt die wahre Eroberung der Frau erst nach den berühmten Gedankenstrichen unserer Romane, und die »letzte Gunst« ist bei der Russin die erste. Dann erst beginnt der wahre Kampf, geheimer, erbitterter, raffinierter, als ein Westeuropäer zu ahnen vermag ...

Unser Don Juan aber hat seinen tausenddrei Namen einen neuen hinzugefügt und eilt unbekümmert zu seiner nächsten Eroberung. Denn er ahnt nicht, daß die Festung, die nach seiner Meinung kapituliert hat, und der er kaum noch einen Gedanken schenkt, in Wirklichkeit ebensowenig sein ist, wie vorher.

Rußland ist daher ein schlechter Boden für ihn. Sein Stolz findet keine Nahrung. Soll er eine Freude darin suchen, eine Frau, die schon in seinen Armen lag, auch moralisch zu erobern? Dieser Ehrgeiz kann einem Don Juan nicht liegen, der als Westeuropäer nicht daran denkt, daß eine Frau ihren Körper verschenken kann und trotzdem Wertvolleres zurückbehält.

Und noch einen Schritt weiter – – – Welcher Sieg wird Don Juan am schwersten, und welcher gilt ihm als der größte? – Der über eine religiöse Frau! – Und welcher Nebenbuhler ist am mühsamsten zu verdrängen? – Gott. – Das ist eine Aufgabe, die Don Juan zu reizen vermag! Aber es soll eine wahre Frömmigkeit sein, eine strenge Zucht, die die Seele einer solchen Frau geprägt hat. Tag um Tag soll sie nur ihren Pflichten gelebt haben, und ihre Frömmigkeit darf ja nicht zum Mystizismus abbiegen, denn dieser Weg führt sie unserem Don Juan nur rascher in die Arme. Wie rief doch Baronin Krüdener, die große Mystikerin, im Augenblick des höchsten Sinnesrausches: »Oh, Gott, vergib mir das Übermaß meines Glückes!« und gab damit ihren sehr weltlichen Gefühlen ein fast heiliges Mäntelchen. – Nein, keine Mystikerin, eine Frau, die ein ehrwürdiger und kluger Priester in Geist und Wort der heiligen Gesetze eingeführt hat. Das ist die große Aufgabe eines Don Juan, der, wie Jakob, mit Gott selbst ringen will. Das ist sein schwerster Kampf – sein glorreichster Triumph! Wo aber ist in Rußland diese Frau? Wo findet man hier geistige Zucht, Ehrfurcht vor Gesetzen, Schulung der Seelen? In diesem Volk ist die Mystik so vertieft und stark, daß sie sich dem größten Materialismus paart und die religiöse Seele, die ihr erliegt, verfällt in jene erstaunliche sexuelle Zügellosigkeit, wie man sie in so vielen russischen Sekten findet.

Was sollte Don Juan im Kreise dieser Mystikerinnen, denen die Probleme des Fleisches, obgleich sie so viel Freuden daraus ziehen, ganz untergeordnete Bedeutung haben!

Der Lebensekel, besser gesagt, die Verzweiflung, die »kranke Seele« der russischen Frau erklären zur Genüge die häufigen Erfolge, die Männer hier ihrem Gelde allein verdanken. Man kann dies noch tiefer begründen. – Die Verachtung seiner selbst, der Wunsch sich zu demütigen – je höher entwickelt die Frau, desto stärker dieses Verlangen – der Drang nach den Tiefen des Lebens und nach dem Taumel, den ihr Kontrast zu der inneren Höhe verursacht, eine Religion voll mystischen Schwärmens und das trostlos Niederdrückende in den äußeren Lebensbedingungen – das sind die tiefsten Ursachen jener Katastrophen, in denen viele der wertvollsten Individuen Rußlands zugrunde gehen.

Ich sagte es schon: die russischen Frauen beginnen mit ihrer Hingabe.

Europäerinnen, die den Preis ihrer Niederlage hochzuhalten verstehen, die sich mit so viel Raffinement zu verteidigen wissen und die sich erst nach einer langen Belagerung ergeben, urteilen voll Verachtung: »Leichtfertige Frauen, die nicht viel von sich halten!«

Die Russin aber erwidert: »Warum begleitet ihr das Geschenk eures Körpers mit einer so übertrieben großartigen Geste? Mit all eurem Getue seid ihr ja doch bloß ganz ausgeprägte Materialisten! Die große Mühe, die ihr aufwendet, um euren Körper zu verteidigen, wir sparen sie für die Verteidigung unserer Seele. Ist denn ein Mann, der euren Körper besitzt, auch schon euer Gebieter? Habt ihr ihm denn alles damit gegeben, daß ihr in seine Arme gesunken seid? Gibt es gar nichts, das euch höher steht, als diese Sinneslust? Ist dies das Wertvollste an euch? Habt ihr gar kein verborgenes Kämmerlein, dessen Schlüssel ihr bewahrt?«

Das namenlose Volk der Dämchen bevölkert die großen und die kleinen Städte Rußlands. Es hat seinen erbärmlichen, verachteten Plebs – ich erinnere mich an eine Ruine von einem Weib, eine zerlumpte Säuferin, die sich im Hafen von Kertsch hinter Warenballen für ein Fünfkopekenstück (zehn Pfennig) den Arbeitern hingab – und seine Sterne erster Größe.

Es ist schwierig eine ganze Klasse zu charakterisieren, ohne, nur das Allgemeingültige herausgreifend, bloß nichtssagende, seichte Phrasen niederzuschreiben. Dieses Thema aber erleichtert meine Aufgabe, denn die russische Halbwelt, auch in ihren niedrigsten Schichten, hat in ihrem tiefsten Innern gewisse Wesenszüge, durch welche sie sich von der Deutschlands, Frankreichs oder Englands durchaus absondert.

Es scheint fast, als würden diese russischen Mädchen sich niemals ganz geben, als würden sie selbst am Tiefpunkt ihrer Demütigung, ihrer Erniedrigung die Fähigkeit bewahren, einen Rest ihrer selbst sich rein zu erhalten, um aus diesem geretteten Schatz in ihren eigenen Augen sich immer wieder aufrichten zu können.

Auch freut ihr Beruf sie nicht, und sie haben keinen Ehrgeiz, ihm gerecht zu werden. Sie zeigen sich weder liebenswürdig noch klug, noch raffiniert, und ich bin überzeugt, daß sie ihre westlichen Schwestern ob all ihrer Künste als sehr verderbt verurteilen würden.–« *They haven't good bed-room manners*«, drückte sich ein Engländer aus, der wußte, daß man dieses kultivierte Benehmen kaum anderswo als in Frankreich, dem Land einer alten Zivilisation, finden kann. Diese russischen Mädchen sind aber nur da, um den Sünden ihres Volkes zu dienen – wie Mallarmé, ganz überflüssigerweise die Religion heranziehend, sich ausdrückt – und mehr wollen sie nicht.

Die etwas höherstehende Schicht, deren Vertreterinnen man in Kabarets und Varietés antrifft, scheint auch ihren Beruf nicht weiter ausgestaltet zu haben, doch weist sie einige ihr eigenartige Züge auf. Die Mädchen sind nicht damit zufrieden, bloß ihr Geld zu verdienen, sie weigern sich, nur eine Komödie der Lust vorzutäuschen, sie wollen sie auch wirklich erleben. – Sonderbare Berufsauffassung!

In dieser Gattung gibt es die Spielart der Tischmädchen, deren Aufgabe es ist, ihren Kavalieren in jenen Lokalen Gesellschaft zu leisten. Sie setzen sich an den Tisch, essen sich für die nächsten vierundzwanzig Stunden satt, trinken Champagner, lauschen den Zigeunern, helfen ihren Herren, sich zu berauschen, und in der Morgendämmerung verschwinden sie und gleich der hohen Iris hat niemand ihren Schleier gelüftet.

Noch höher oben wird die große Demimonde wieder eins mit der Frau, von der sich, wie man weiß, alles sagen läßt, wenn sie Russin ist.

Ich glaube, es ereignet sich hier seltener als in allen anderen Ländern, daß eine von ihnen im Wohlstand stirbt, nicht etwa, weil zu wenig Geld durch ihre Hände ging, aber, weil sie unfähig sind, es zu behalten. Oft heiraten sie, obgleich sie nicht die geringste Sorge danach tragen, in Ehrbarkeit ihre Tage zu beschließen. Und wenn sie Ehefrauen werden, so geschieht es ganz gewiß nicht, um der »Welt« Konzessionen zu machen, sondern »weil es eben so kam«, und in der Regel, weil einer ihrer Freunde lange genug darum flehte. Oh, wie unendlich weit liegt die Wolga von der Seine! – Eine solche Ehe ist übrigens, wie die Mehrzahl der russischen Ehen, gewöhnlich nicht von langer Dauer.

Ein so geduldiger, Stein für Stein zusammengetragener Bau, wie ihn unsere sparsamen, lebensklugen französischen Mädchen zähe

als Bürgerhaus oder Palais errichten, kann auf dem lockeren Sand-
boden Rußlands nicht entstehen.

Nadja

Ein Jahr lang hatte der junge Dragonerleutnant Alexander Naudin den ausgezeichneten Kurs über russische Sprache besucht, den Professor Paul Boyer an der Akademie für lebende orientalische Sprachen in Paris hielt. Grammatik, Syntax und die schwierigen Regeln der Aussprache waren ihm schon geläufig, er vermochte auch fließend zu lesen, aber das Sprechen machte ihm noch große Mühe. So entschloß er sich, seinen theoretischen Studien nun auch eine praktische Ausbildung folgen zu lassen und erbat einen dreimonatigen Urlaub ins Zarenreich, der ihm bewilligt wurde. Will man der Wahrheit ganz gerecht werden, so muß man hinzufügen, daß nicht allein die Sorge um seine Ausbildung diesen Plan in ihm reifen ließ, vielmehr waren es auch die verlockenden Berichte von Kameraden, die früher schon in Rußland gewesen waren und in zärtlichen Erinnerungen schwelgten.

Alexander Naudin (Sohn von Eduard Naudin, der Firma Leredu, Naudin, Jounast & Cte., Wirkwaren *en gros*, in Troyes, beste Referenzen) verfügte über einen ausreichenden Monatswechsel, der ihm erlaubte, seine Reise in behaglichster Weise einzurichten, ohne daß er nötig gehabt hätte, jeden Abend nach dem Inhalt seiner Börse zu fragen.

So fuhr er von Paris über Warschau geradeswegs nach Moskau. Hier machte er die Bekanntschaft eines russischen Kameraden, Sergius Platonow, mit dem er manchen Abend verbrachte. Sie besuchten allerlei Vergnügungslokale, hörten französische Soubretten, sahen englische Girls, unterhielten sich über japanische Akrobaten und bewunderten karelische Ringer. Doch Moskau war schon in diesen ersten Julitagen heiß und staubig, so daß unserem Freund der Aufenthalt bald reizlos schien. Sein Kamerad aber wußte ihm Rat.

»Nach Moskau muß man im Winter kommen. Jetzt sind schon alle unsere Freunde auf ihren Gütern, im Kaukasus oder in der Krim. Nur dort können Sie um diese Zeit die gute Gesellschaft treffen. Da Sie so glücklich sind, in jeder Beziehung unabhängig zu sein, reisen Sie doch in den Kaukasus. Die Landschaft ist dort herrlich, voll wilder Romantik, wie ihr in Europa nichts dergleichen kennt. Die

Frauen sind hinreißend und – zugänglich, was auf Reisen auch nicht zu verachten ist! Ich will Ihnen eine Empfehlung an einen meiner Freunde, der Adjutant des Vizekönigs in Tiflis ist, mitgeben und bin sicher, daß er alles tun wird, um Ihnen den angenehmsten Aufenthalt zu verschaffen.«

Zwei Tage später saß Alexander Naudin im Luxuszug, der über Rostow am Don nach den kaukasischen Bädern fährt. Doch nirgends hielt er sich auf, weder in Bjatigorsk noch in Essentuki machte er Station. Die modernen Kurorte schienen ihm keines Interesses wert. Er wollte Gegenden und Städte sehen, die ihm Neues bieten konnten und darum setzte er seine Reise bis Wladikawkas fort, jenem reizenden, kleinen Städtchen, das hart an dem Befestigungsgürtel liegt, der den hohen Gebirgszug des Kaukasus, die natürliche Grenze zwischen Asien und Europa begleitet.

Den Nachmittag verbrachte er in dem schönen Stadtpark, an den Ufern des Terek, dessen schäumende Fluten geradeswegs aus den Bergen herunterbrausen. Die Hitze in der Stadt war bereits hochsommerlich und der Garten bevölkerte sich schon von sechs Uhr ab mit seinen Stammgästen, die allabendlich im Schatten der Bäume längs des Flußufers Kühlung suchen. Die Älteren blieben auf der Terrasse des Restaurants, plaudernd oder beim Kartenspiel, die Jugend belebte die Gartenanlagen. Junge Mädchen, Gymnasiastinnen und auch erwachsenere, die die Schule nicht mehr besuchten, spazierten paarweise durch die Alleen. Alle trugen nur ganz leichte, weiße Leinenkleider, unter denen sie wegen der großen Hitze buchstäblich nur ihr Hemd anhatten, wovon sich ein neugieriger Beobachter leicht überzeugen konnte, wenn sie, die sinkende Sonne hinter sich, an ihm vorbeischlenderten.

Der junge Alexander Naudin glaubte sich in das Paradies der Huris versetzt. Auf einer Bank ruhend, genoß er in vollen Zügen die weiche Sinnlichkeit dieser Abendstunden und seine Augen folgten entzückt den jungen Mädchen, die bald kichernd, bald in ernsten Gesprächen dahinzogen und von denen mancher lebhafte Blick zu ihm herüberhuschte. Ausdrucksvolle, schwarze Augen hinter halbgesenkten Lidern, ein Schimmern weißer Zähnchen zwischen Lippen, die ihr Rot dem frischen Pulsschlag des jugendlichen Blutes allein verdankten, dazu die leichten, fast durchsichtigen Stoffe, die diese schlanken Körper mehr entschleierten als bedeckten – man muß gestehen, dies alles vermochte einem jungen Dragonerleutnant wohl die Sinne zu verwirren. Alexander Naudin spielte auch wirklich schon mit dem Gedanken, in Wladikawkas zu bleiben und hier den Rest seines Urlaubs zu verbringen. Wo konnte er einen schöneren Garten, erfrischender rauschende Flüsse, ein überwältigenderes Gebirge und – bezauberndere Frauen finden?

Aber es sei verraten, daß er all seiner Begeisterung zu trotz ein leises Unbehagen in sich wachsen fühlte. Diese verführerischen Schönen ringsum, sie waren ja alle nur junge Mädchen! – Alexander Naudin hatte eine ausgezeichnete Erziehung genossen, zunächst in seinem Vaterhaus voll gutbürgerlicher Grundsätze, später in der Kadettenschule und schließlich im Regiment und, wie es sich für einen wohlerzogenen jungen Mann ziemt, hätte er niemals die Kühnheit erwogen, an den traditionellen Grundsätzen, die ihm förmlich eingeimpft waren und den Regeln des Anstands, die ihm gleichermaßen in Fleisch und Blut übergegangen waren, auch nur zu rütteln. Nun, und es ist doch unbestritten und selbstverständlich, daß einem jungen Mann, besonders einem jungen Offizier und ganz besonders einem jungen Kavallerieoffizier, die ganze Welt zu Füßen liegt, daß alle Türen ihm offenstehen und alle Kerzen ihm zufliegen und man gern, wenn es nötig ist, beide Augen zudrückt, sein Vergnügen nicht zu stören – nur Eines fordert man von ihm: junge Mädchen seien ihm heilig! Junge Mädchen, die verführt man nicht, junge Mädchen heiratet man!

Darum war es auch die Gegenwart dieser jugendlichen Geschöpfe, die sein Unbehagen verursachte. Alexander Naudin dachte mit Leibnitz, den er nie gelesen hatte, daß in dieser vollkommensten aller Welten alles aufs beste eingerichtet sei, daß es junge Mädchen gibt, damit man sie heirate, daß sie, einmal verheiratet, Kinder bekommen und dadurch schon der Madonnenschein der Mütterlichkeit sie unseren Wünschen unerreichbar macht; und daß den nur allzu natürlichen Freuden junger Männer eine andere Art Frauen bestimmt sei, unter deren vielfältiger Zahl man ohne Gewissensbisse seine Auswahl treffen könne. Oh, ich weiß es wohl, mit dreißig Jahren wird auch Alexander Naudin, der ja kein Mucker ist, in diesem Punkte seine Meinung geändert haben und Dinge begreifen, die ihm jetzt noch fremd sind, aber was hilft's, zur Zeit, da diese Erzählung spielt, war er bloß vierundzwanzig ...

Und er zögerte, trotz aller freundlichen Blicke, die ihn streiften, die Mädchen anzusprechen. Im Feuer ihrer Augen geriet er wohl in Flammen, doch wagte er nicht, seine Glut einzugestehen. Zwanzigmal gab er sich einen Ruck und ebensooft scheute er immer zurück. So streifte er im Widerstreit seiner Gefühle durch die hell erleuchteten Alleen und, wie um sein Mißgeschick voll zu machen, waren alle Mädchen, die er traf, zu zweit, meist sogar in Gruppen von drei oder vier. Wäre er nur einer allein begegnet, vielleicht hätte er dann doch den Mut aufgebracht, ihr zu folgen. Aber man begreift, wie schwierig es ist, mit einer ganzen Schar lachender, spöttischer, junger Damen ein Gespräch anzuknüpfen, besonders, wenn man ihre Sprache, trotz aller guten Lehren eines Professor Boyers nicht ganz beherrscht.

So verbrachte er einen zwar reizvollen, aber bewegten Abend und mit schwerem Herzen verließ er spät und voll Bedauern den schönen Garten, um in seinem wenig behaglichen Hotelbett eine unruhige Nacht zu verbringen.

Zeitig am nächsten Morgen nahm er in einem der vielen Automobile Platz, die von Wladikawkas auf der berühmten grusinischen Heerstraße quer über die Gebirgskette des Kaukasus nach Tiflis fahren.

Die Schönheit der Landschaft, die er durchfuhr, der Wechsel der Szenerie mit ihren häufigen Kontrasten schroffer Gebirgspartien und lieblicher Täler führten das Gemüt unseres Reisenden bald wieder zu Ruhe und Frieden. Der erste Teil des Weges führte ihn durch die engen Schluchten, in denen die schäumenden Wirbel des Terek dahinbrausen. Er bewunderte die auf einem vereinzelten, hohen Felsblock am Flußufer sichtbaren Ruinen der Burg der Königin Tamara, von wo des Morgens jene Reisenden in die reißenden Fluten geschleudert wurden, die diese hochmütige Frau sich zu Geliebten einer Nacht erkoren hatte.

Nach zweiundeinhalbstündiger, ununterbrochener Steigung erreichte der Wagen die Poststation Kasbek, wo ein Frühstück vorbereitet stand. Naudin verzehrte mit großem Appetit eine Schüssel mit Krebsen, die in den eisigen Gebirgsbächen gefangen worden

waren und trank dazu den berauschenden persischen Wein, den
man ihm vorsetzte. Während er auf die Abfahrt seines Wagens
wartete, bewunderte er noch den vulkanischen Kegel des Kasbek,
der seinen ewigen Schnee und seine Felszacken, an deren einer
Prometheus einst angeschmiedet war, in mehr als fünftausend Meter Höhe emporstreckt. Alle diese Eindrücke erhoben das Gemüt
Alexander Naudins zu festlicher Stimmung und er fühlte sich
glücklich, dem Rat seines Freundes in Moskau zu dieser Fahrt gefolgt zu sein. Die Stunden, die er im Park von Wladikawkas ver-
bracht hatte, verloren in seiner Erinnerung jeden bitteren Beigeschmack und schienen ihm unvergleichliche Wonnen für die nahe
Zukunft zu versprechen. In solch freudiger Erregung durchfuhr er
das in seiner wilden Romantik überwältigende Land der Osseten.

Nach weiterem eineinhalbstündigen Emporklettern auf der Au-
tomobilstraße erreichten sie den Gebirgssattel beim zweitausend-
fünfhundert Meter hohen Kreuzpaß und die lange Abwärtsfahrt
nach Tiflis brachte wieder neue Schönheiten. Wie durch Zauber-
kraft wechselte die Landschaft in einem Augenblick ihren Charakter
und statt der zerklüfteten Schluchten waren es jetzt breite Flächen,
über die der entzückte Blick unseres Leutnants weit hinaus schweif-
te. Bei dieser eiligen Fahrt, die dem Süden und den sonnendurch-
glühten Ländern entgegenführte, wurde die Vegetation fast mit
jedem Kilometerstein üppiger, duftende Wellen zogen durch die
Luft, und sogar die Namen der Orte, an denen der Wagen vorbeikam – Passanam, Ananam – hatten einen weichen, sinnlichen
Klang.

Gegen vier Uhr entdeckte Alexander Naudin in der Ferne, einge-
bettet in ein Tal, dessen Seiten als kahle Felsen in die Höhe stiegen,
eine große Stadt, über der eine Dunstwolke hing. Das war Tiflis.

Erst gegen sechs Uhr langte das Auto dort an. Noch war die Hitze
unerträglich und staubbedeckt und gerädert von den Stößen des
Wagens betrat Naudin das am Ufer der Kura liegende Hotel London.

Er brannte so ungeduldig darauf, sich den Genüssen, die er vom
Leben im Kaukasus erwartete, in die Arme zu stürzen, daß er noch
am Abend seiner Ankunft das Einführungsschreiben, das ihn an
den Ordonnanzoffizier des Vizekönigs empfahl, überbrachte und

als er erfuhr, daß dieser erst drei Tage später von seinem Urlaub zurückkehren werde, erfaßte ihn eine fast verzweifelte Enttäuschung. Er hatte das Gefühl, daß er nie mehr diese drei Tage werde einbringen können, denn unser Freund war sich dessen wohl bewußt, daß er in einem so fremden Lande eines erfahrenen Führers bedurfte und sich allein überlassen, die verborgenen Reize von Tiflis niemals würde entdecken können.

Doch es blieb ihm nichts übrig, als sich in Geduld zu fügen und er benutzte diese, wie er sagte, aus seinem Leben gestrichenen drei Tage, um die Stadt zu durchstreifen und sich wenigstens mit ihren Äußerlichkeiten vertraut zu machen. Und obwohl er allein war und auch nicht in rechter Stimmung zu beschaulichem Betrachten, fand er doch ein größeres Vergnügen an diesen Spaziergängen durch Tiflis, als er erwartet hatte.

Er bummelte durch die Bazare und durch die Altstadt, in der die Kura in ihrem Lauf noch von den Mauern altertümlicher Häuser eingeengt wird; er besuchte das Persische Viertel und wagte sich bis zum Botanischen Garten vor, der sich innerhalb der Ruinen der ehemaligen Festung der Sefewiden Schahs ausbreitet. Er trank Kefir, ohne daran Geschmack zu finden. Gegen sechs Uhr fand er sich auf dem Prospekt Golowina bei dem französischen Konditor zum Tee ein und plauderte dort ein wenig. Die Theater waren unglücklicherweise geschlossen, so daß er mit seinen Abenden nichts Rechtes zu beginnen wußte. Und da die Hitze tagsüber ihn bestimmt hatte, der Gewohnheit der Einheimischen zu folgen und nach seinen vormittägigen Gängen durch die Stadt seine Siesta bis in den Spätnachmittag auszudehnen, war er abends ausgeruht und sehr wenig damit einverstanden, sein Bett zu so früher Stunde aussuchen zu müssen. Tiflis aber besitzt keinen Stadtpark, der mit dem von Wladikawkas vergleichbar wäre ...

Doch auch diese drei öden Abende zogen vorüber, und endlich hatte Alexander Naudin das Vergnügen, seinem Schutzgeist, dem Hauptmann Iwan Iljitsch Putilow, gegenüberzustehen. Er fand in ihm einen jungen Mann von kaum dreißig, dessen Brust aber schon mit Ordensbändern reich geschmückt war und dem, nach seinem ganzen Auftreten, die glänzendste militärische Karriere sicher schien. Mit größter Freude begrüßte er seinen französischen Waffenbruder, ja, wenn man sein Entzücken, mit dem er ihn empfing und sich ihm für die ganze Dauer seines Aufenthalts in Tiflis zur Verfügung stellte, wörtlich nehmen wollte, dann schien es fast, als hätte das Leben des armen Kapitäns bisher jedes Zwecks und Sinns entbehrt und als würde erst die Ankunft Alexander Naudins eine qualvoll empfundene Leere ausfüllen. Schon nach den ersten Worten erkundigte sich der Hauptmann nach dem Vaternamen seines neuen Freundes und im Handumdrehen wurde aus Alexander Naudin ein Alexander Eduardowitsch.

Schon am elften Abend führte der russische Offizier seinen Kameraden in eines der Sommeretablissements am linken Ufer der Kura. Es war ein Gartenrestaurant, in dem man ab elf Uhr im Freien dinierte. Fast die ganze gute Gesellschaft von Tiflis war hier versammelt und als Naudin sah, mit welchem Appetit sie den Speisen zusprach, fand er endlich die Lösung eines Rätsels, das ihn seit seiner Ankunft in der kaukasischen Hauptstadt beschäftigt hatte: wann essen die Leute hier? Wohl hatte er beim Mittagstisch in den Hotels und Restaurants, die er besuchte, immer noch eine Anzahl anderer Gäste angetroffen, doch wo immer er auch sein Abendessen einnehmen wollte und zu welcher Stunde es auch gewesen war, stets blieb er allein im Saal. Was steckte für ein Geheimnis dahinter?

Er sprach von dieser Erfahrung zu Iwan Iljitsch, und dieser klärte ihn auf: »Mein verehrter Alexander Eduardowitsch, ihre Beobachtung ist ganz richtig. Unsere Essenszeit mittags ist so wie bei euch zwischen Zwölf und Eins. Dann aber kommt die Siesta, die Ruhestunden, die in unserem glühenden Sommer jedem Russen und Kaukasier heilig sind. Nachher, gegen Fünf oder Sechs, nehmen wir unseren Tee entweder in einer Konditorei oder – und das mit Vorliebe – bei uns zu Hause. Das gesellschaftliche Leben aber beginnt erst wieder beim Souper, wie sie es hier sehen. Wer auch würde hier im Kaukasus, wo die Nächte so unvergleichlich schön sind, bei Tag seine Kräfte vergeuden wollen! Männer, Frauen und junge Mädchen kommen spät abends hier in diesem Gartenrestaurant zusammen und bleiben bis ein, zwei Uhr nachts. Man geht herum, man unterhält sich, man lauscht der Musik ißt und trinkt, und überdies freut man sich der Aufregungen des Lottos, in das ich sie gleich einweihen will.«

Alexander Naudin sah im Hintergrund des Gartens eine große, in hundert Felder eingeteilte Tafel, auf der die gezogenen Nummern, die der Spielleiter mit lauter Stimme ausrief, sichtbar wurden. Die Gäste verfolgten alle von ihren Tischen aus das Spiel mit leidenschaftlichem Interesse.

Auch die beiden Offiziere kauften jeder um einen Rubel eine Karte, auf der eine gewisse Anzahl von Nummern verzeichnet war, und beteiligten sich am Spiel, welches darin bestand, die ausgerufenen Nummern, soweit sie auf der eigenen Karte vorkamen, auf dieser zu streichen. Der Zufall wollte es, daß unser junger Freund als Erster alle Nummern seiner Karte gezogen sah. Er reichte sie seinem Freund hinüber, der sogleich mit lauter Stimme »Davolno!« rief.

Das Spiel wurde daraufhin unterbrochen. Ein Angestellter kam herbei und übernahm die gewinnende Karte, um sie überprüfen zu lassen. Einen Augenblick später kam er wieder zurück und zählte sechsundsechzig Rubel auf den Tisch. Von allen Seiten blickten die Leute herüber, um den glücklichen Gewinner zu sehen und da es ein Fremder war, schauten sie ihn nur umso länger und aufmerksamer an. Der junge Alexander Naudin strahlte über seinen Erfolg und hielt, straff aufgerichtet, allen Augen stand. »Sie haben ja ein unglaubliches Glück, mein lieber Alexander Eduardowitsch,« meinte sein Begleiter, »da müssen wir ihrem Sieg zu Ehren eine Flasche Champagner trinken.«

Aber er wollte um keinen Preis zugeben, daß sein verehrter Kamerad die Flasche zahle und so sah Alexander Naudin sich genötigt, eine zweite zu bestellen.

Indessen waren Freunde des russischen Offiziers herangekommen und nahmen an seinem Tische Platz. So lernte unser Leutnant in einer Stunde mehr Menschen kennen, als wenn er allein ein Jahr lang in Tiflis gewesen wäre und als er gegen drei Uhr morgens in sein Hotel zurückkam, beglückwünschte er sich zu dem vortrefflichen Gefährten, den er in Putilow gefunden hatte.

Diese Feste im gemütlichen Kreis wurden zur ständigen Einrichtung. Bei Tage sah er Iwan Iljitsch wohl nicht, aber die Nächte verbrachten sie stets zusammen in einem der Sommergärten und meist waren die Freunde des Hauptmanns mit von der Partie. Naudin selbst ward auf diese Weise mit manchen Notabeln der Stadt befreundet, so mit dem Notar des Vizekönigs und dem Verwalter der Krongüter. Die Ehefrauen dieser hohen Beamten waren Damen, die schon ihre erste Blüte hinter sich hatten, und ihre verstohlenen Avancen erreichten unseren Leutnant nicht. So begann er mit der Zeit zu empfinden daß seine russischen Freunde ein recht monotones Leben führten und daß der Wein bei ihnen alle anderen Genüsse ersetze. Eines Abends äußerte er sich darüber zu Putilow:

»Mein lieber Iwan Iljitsch. gibt es denn in eurer schönen Stadt nicht auch jüngere und weniger tugendhafte Damen, als die, denen ich bisher begegnet bin?«

Iwan Putilow brach in helles Lachen aus.

»Jüngere gewiß, aber ob sie auch weniger tugendhaft sind ...?«, womit er offenbar andeuten wollte, daß es nicht ganz am Platze sei, gerade Tugend bei den Frauen seiner Freunde vorauszusetzen.

Nach einer Weile fuhr er fort:

»Sie wollen unsere kaukasischen Mädchen kennenlernen, Alexander Eduardowitsch, und da haben Sie recht, denn sie sind wirklich bezaubernd. Ich werde Sie zu ihnen führen. Übrigens hatten wir selbst schon die Absicht es zu tun und in unserem Programm war vorgesehen, Ihnen, als unserem Freund und Verbündeten, ein kleines Fest zu geben, das ganz im Stil des kaukasischen Geschmacks gehalten werden soll. Nun, wenn sie wollen, machen wir's übermorgen. Bis dahin aber stärken Sie sich und schlafen Sie im Vorrat, denn Sie werden ihre Kräfte brauchen, wenn Sie uns beweisen wollen, daß Sie etwas aushalten und leichte Weine werden es auch nicht gerade sein, die wir Ihnen vorsetzen werden. – Also dann bleibt's dabei, wir sehen uns wieder übermorgen im Hotel London, um drei Uhr.«

»Wie, um drei Uhr?« frug Alexander Naudin erstaunt.

»Ja, warten Sie mit dem Mittagessen, wir setzen uns dann gleich zu Tisch. Und den Abend halten Sie sich auch frei.«

»Und wird das schöne Geschlecht dabei sein?« erkundigte sich Naudin, noch immer an den Ausgangspunkt der Unterhaltung denkend.

»Alles wird Ihnen zu seiner Zeit offenbar werden,« entgegnete Putilow mit geheimnisvoller Miene.

Am besprochenen Tage erwartete Alexander Naudin seine Gäste zur festgesetzten Stunde. Der Tisch war in einem Séparé gedeckt worden, einem großen Raum, dessen Fenster wegen der Hitze ganz geschlossen blieben. Die Geladenen waren pünktlich. Als erster erschien Putilow, der Veranstalter des Festes, dann kamen seine Freunde, ein Kavallerieoberst, Kommandant eines Regiments der »Wilden Division«, ein junger Leutnant des gleichen Regimentes, der Notar des Vizekönigs und ein Prinz aus einem jener grusinischen Adelsgeschlechter, die ihren klingenden Namen bis tief ins Dunkel der Vergangenheit nachzuweisen vermögen.

Als Einleitung aß man stehend und plaudernd »Zakuski«, wie die *Hors d'oeuvres* dort genannt werden, Kaviar aus Astara, Schnitten rohen Schinkens, kleine, heiße Pasteten mit Champignons, Fischen oder gehacktem Kohl gefüllt, und alles dies wurde, wie es sich gehört, mit Wutki heruntergespült.

Dann setzte man sich zu Tisch. Das Mahl war reich und vorzüglich zubereitet. Der Koch des Hotels, der in ganz Rußland eine Berühmtheit war, hatte sich diesmal selbst übertroffen. Nach einer Rübensuppe, zu der kleine Käsebrötchen gereicht wurden, gab es Pastete von einem Stör aus dem Kaspisee, dann eine Schüssel Riesenkrebse, wie sie im Terek gefangen werden und diesen folgte ein Birkhahn und gebratene Hühner, alles mit Trüffeln gefüllt. Es war eine begreifliche Eitelkeit, daß nur kaukasische Weine und zwar die besten der kaiserlichen Güter, auf den Tisch kamen, jene tiefgefärbten, starken Weine, die zu Kopf steigen.

Tischreden gab es ungezählte. Man trank auf den Zaren und auf den Präsidenten, man ließ die russische Armee leben und die französische, erhob das Glas auf die Kavallerie der beiden Länder und dann wieder besonders auf die Regimenter, denen die einzelnen Anwesenden angehörten und so ging das fort. Und bei jedem Trinkspruch mußten die Gläser, wie die Sitte es verlangt, bis an den Rand gefüllt und bis zur Neige geleert werden. Der französische Champagner hielt erst mit dem schwarzen Kaffee seinen Einzug.

Unser Freund Alexander Naudin tat sein Bestes, um diesen schweren Anforderungen standzuhalten. Im übrigen waren seine

Gäste, noch ehe die halbe Mahlzeit vorüber war, schon in derartige Glut geraten, daß sie nicht mehr allzu sorgfältig zu beobachten vermochten, was der französische Leutnant trank und der ließ seinen Vorteil nicht ungenützt und schwindelte so gut es ging. Wie viele seiner Landsleute, hatte auch er einen wahren Abscheu davor, sich zu berauschen. Wohl hatte er für ein paar Gläschen guten Weines manches übrig, aber es wäre sehr schwierig gewesen, ihn über die Grenze seiner Leistungsfähigkeit, die er genau kannte, hinauszulocken. Und an diesem Abend hatte er noch besonders gewichtige Gründe, um alle seine Sinne beisammen zu behalten, wußte er doch, daß das Fest nicht im Hotel London schließen würde und er wollte nicht in einen Zustand geraten, der den Genuß der Freuden, die man ihm versprochen hatte, beeinträchtigt hätte.

Mit Einbruch der Dämmerung verließ man den stickigen Saal und suchte eine jener Terrassen auf, die über der Kura gelegen sind. Der grusinische Prinz, ein bleicher, stiller, junger Mann, wurde immer schwermütiger. Er setzte sich etwas abseits in einen Fauteuil und begann, auf der Balalajka zupfend, ein fremdartig klagendes Lied mit seltsam gebrochenem Rhythmus vor sich hinzusummen. Anfangs wirken ihre Klänge nur eintönig, doch nach und nach ergreifen diese Steppenlieder das Herz, verstricken es in ihr schimmerndes Gewebe ... Die Nacht sank nieder und Alexander Naudin, an der Brüstung der Terrasse lehnend, gab sich ganz dem Zauber dieser Stunde hin. Unten rauschte der Fluß, der stellenweise silbern aufschimmerte, und auf dem tiefblauen Himmel, der schon in fahleres Licht hinüberzuleuchten begann, glimmten die ersten Sterne auf. Ein leises Wehen der Luft schien wie Erfrischung nach der Glut des Tages und war der Vorbote der ersehnten Kühle der Nacht. In die halbblaute Klage des Prinzen mengten sich Stimmen und gedehntes Flötenspiel aus der Ferne, sonst herrschte tiefste Stille. Alexander Naudin war ganz dem Zauber der orientalischen Nacht verfallen und träumte, gegen seine sonstige Gewohnheit, lange vor sich hin ... Der Reiteroberst, ein prachtvoller, fast sechs Fuß großer Riese, leerte indes die Champagner- und Likörgläser, die man ihm anbot, ohne daß sich dadurch das Geringste an seinem Aussehen oder seinem Gehaben änderte. Er wurde nicht lustiger, auch nicht trauriger und auch nicht gesprächiger, als er bisher gewesen. Er hielt sich eben so stramm, wie bei seinem Kommen, kein Fältchen an seiner eleganten Gestalt hatte sich verschoben, und aus seinem schönen, unbeweglichen Gesicht las man in wahrstem Sinne des Wortes – nichts. Der Notar hatte schon ein rotes, glänzendes Gesicht und debattierte leidenschaftlich mit Putilow über den Tod, ein Thema, zu dem jeder Russe nach einem üppigen Mahl mit guten Weinen vieles zu sagen hat. Und was schließlich den russischen Leutnant betrifft, der hatte, seit man vom Tisch aufgestanden war, kein Wort gesprochen. Er saß rittlings auf einem Sessel, rauchte in kurzen, hastigen Zügen eine Zigarette nach der anderen und begleitete manche Akkorde der Balalajka mit einem erstaunlichen Wirbel seiner Füße auf dem Boden, was darauf schließen ließ, daß er lange Abende der Beobachtung der Stepptänzer in Varietés gewidmet haben mußte.

Naudin war durch einen dieser Wirbel seines Kameraden aus dem Traumzustand gerissen worden, in dem er lange Zeit versunken gewesen und begann, wie sehr er an diesem Abend auch Gefallen fand, doch etwas ungeduldig der Fortsetzung zu harren. Wohl war es selbstverständlich, daß er es seinen Freunden überlassen mußte, das Programm für dieses Fest ganz nach ihrem Belieben zu gestalten, aber er hoffte sehr, daß man den Aufenthalt auf dieser Hotelterrasse nicht ins Unendliche ausdehnen werde. Doch seine Geduld wurde noch auf eine harte Probe gestellt, ehe Putilow endlich seine Unterhaltung mit dem Notar unterbrach und mit erhobener Stimme rief: »Ich denke, Freunde, es wäre Zeit, daß wir ein wenig Landluft atmen gehen.«

Kein Widerspruch wurde laut. Und Naudin begann zu merken, daß für solche Feste im Kaukasus ein unverrückbares Zeremoniell bestand, das fast genau auf die Minute das Programm im voraus regelte. »Von unserer Unterhaltung zwischen Männern sei's nun genug,« fuhr Putilow fort, »und wenn unser verehrter Gast keinen Einspruch erhebt, bin ich dafür, einige Vertreterinnen der holden Weiblichkeit zu unserem Souper zu entführen. Auf, zu unserer alten Freundin in der Ringstraße! Ich habe ihr telephonisch unseren Besuch angekündigt und bin überzeugt, daß sie das Allerbeste aus ihrem Bekanntenkreis zusammengetrommelt haben wird!«

Vor dem Hotel warteten drei Automobile, davon zwei ärarische mit Soldaten am Volant. Während der kurzen Fahrt erkundigte sich

Naudin bei seinen Wagengenossen nach dem Orte, der ihr nächstes
Ziel sein sollte. »Aber, Alexander Eduardowitsch, Sie werden doch
solche Häuser kennen. Man findet sie ebenso in Paris wie bei uns.
Es gibt dort liebenswürdige, junge Mädchen, die man zum Souper
mitnimmt.«

»Deren Geschäft es ist?« frug Naudin. der gern jeden Zweifel im
Keime erstickte.

»Natürlich, lieber Freund, selbstverständlich. Obzwar manche
darunter sich gern als eine Dame aus der Gesellschaft ausgibt, die
ein Abenteuer erleben möchte. Kommt das bei euch nicht auch
vor?«

Alexander Naudin mußte zugeben, daß sich Derartiges auch in
Frankreich ereigne.

Die Kraftwagen hielten am linken Kuraquai, an der Ecke einer
Straße, die so schmal war, daß sie nur von Fußgängern benutzt
werden konnte. Putilow trat, von seinen Freunden gefolgt, in ein
kleines Haus, dessen Front auf den Fluß zu gelegen war. Eine be-
jahrte Frau empfing sie wie gute, alte Bekannte und geleitete sie in
ein geräumiges Gemach, in dem eine ganze Anzahl Mädchen um
einen großen, runden Tisch saß und Lotto spielte. Sie alle waren in
ihr eifriges Spiel so vertieft, daß sie nicht einmal von ihren Karten
aufblickten, um zu sehen, wer gekommen sei. Die Offiziere gingen
zur Begrüßung ihrer Freundinnen um den Tisch herum, schüttelten
Hände, die sich ihnen entgegenstreckten oder streichelten über im
Spieleifer erglühte Wangen und drückten wohl auch hier oder da
einen Kuß auf duftende Scheitel.

Alexander Naudin betrachtete erfreut diese Szene. Alle Mädchen
waren jung und die meisten auch hübsch. Gekleidet waren sie, wie
es im Sommer in Tiflis allgemein üblich ist, in weiße Leinenröcke
und dünne Blusen, die je nach dem zufälligen Wohlstand ihrer Be-
sitzerinnen mehr oder minder luxuriös waren.

Viele der Mädchen hatten kurzgeschnittene Haare; was aber
Naudin am meisten auffiel, war das vollkommene Fehlen jener
gewissen, oft nur kleinen, äußerlichen Anzeichen, die in Europa
solche Mädchen kenntlich machen. Nicht in ihrem Sprechen, in
ihren Gesten, im ganzen Benehmen oder in ihrem Aussehen und

ihrer Kleidung war das geringste zu bemerken, das ihn, bei einer zufälligen Begegnung auf der Straße, hätte erraten lassen, wer sie seien.

Er erwartete umringt, angeschmachtet und bedrängt zu werden und war sehr erstaunt, daß all diese reizenden, kaum erwachsenen Geschöpfe ihm nicht die geringste Aufmerksamkeit schenkten, obgleich er als Ausländer doch sicherlich ihre Neugier erwecken mußte.

Einige von ihnen hatten indes doch den Spieltisch verlassen und Putilow nahm Naudin untern Arm, um ihn bekannt zu machen. Man unterhielt sich und scherzte harmlos, da bemerkte Naudin, daß eines der Mädchen, das ihm schon früher aufgefallen war, weil es am Spiel nicht teilgenommen hatte, sich auch jetzt abseits hielt und mit den übrigen wenig sprach. Sie gefiel ihm, und er wollte sie zur Freundin dieses Abends wählen. Er erkundigte sich bei Putilow nach ihrem Namen.

»Die, die kenn' ich ja gar nicht. Sie muß erst ganz kurz hier sein. Aber wirklich, sie ist sehr hübsch.« Und während er dies zu Naudin sprach, gingen beide auf sie zu, und Putilow redete sie an: »Wie heißen Sie?« »Nadja.« gab sie gleichmütig zurück. »Nun denn, Nadja, hier stelle ich Ihnen meinen Freund Alexander Eduardowitsch vor, wie Sie sehen, ein Franzose und ein ganz famoser Bursche. Er spricht das Russische zwar langsam, aber fast fehlerlos. Ihr werdet euch vortrefflich verständigen.«

Alexander Naudin drückte die Hand, die Nadja ihm reichte. »Wollen Sie mir das Vergnügen machen, mit meinen Freunden und mir draußen auf dem Land zu soupieren?«

Nadja betrachtete den Fremden nicht ohne ein gewisses Mißtrauen, zögerte einen Augenblick und erwiderte dann, leicht die Schultern hebend:

»Warum nicht?«

Der Notar, der seit seinem Gespräch über den Tod voll Munterkeit war, neckte sich indes mit einer ausgelassenen, üppigen Blondine.

Putilow blickte im Saal herum. »Zwei junge Schönheiten brauchen wir noch,« rief er und ohne weiter die Meinung der anderen abzuwarten, wählte er zwei der Mädchen und alles ging wieder zu den wartenden Wagen zurück.

Putilow als Zeremonienmeister brachte Naudin zwischen Nadja und einem Mädchen, namens Narussia, im Fond eines der großen Militärautos unter, während er selbst vorn neben dem Soldaten Platz nahm. Den anderen überließ er es, sich nach Belieben in den beiden übrigen Wagen zu verteilen.

Die Autos ratterten durch die Stadt und hatten bald die offene Landstraße erreicht. Noch war die Luft milde, aber während der Fahrt und im Gegensatz zur Stadt erschien es hier draußen fast kühl. Naudin war besorgt, daß seine Freundin Nadja in ihrer leichten Bluse sich erkälten könnte.

»Nitschewo« erwiderte sie bloß.

Er betrachtete sie. In dem herrschenden Halbdunkel vermochte er nur ihren kleinen Kopf mit dem reinen Profil und einem schlanken, zarten Hals zu erkennen.

Durch das Rütteln des Wagens auf unebener Straße, das alle Drei aneinanderstieß, glaubte er sich berechtigt, seinen Arm um ihre Hüfte zu legen. Sie ließ es zu, und er genoß die Freude, einen ungemein schlanken Körper zu umspannen, der in seiner dünnen, sommerlichen Tracht fast unbekleidet schien. Entzückt preßte er seine junge Freundin an sich.

Aber zu seinem großen Erstaunen entzog sie sich dieser Umarmung und drängte die Hand, die allzu kühn geworden war, zurück. »Oh, es scheint, daß die Dinge hier in Rußland nicht so rasch gehen, wie bei uns,« dachte er, »und daß diese Mädchen erobert sein wollen.« Aber er fühlte sich stark genug, diesen doch nur leichten Sieg zu erringen und verschob seinen Angriff auf später.

Die Fahrt unter dem schweigenden Sternenhimmel war indessen zu Ende gegangen. Die Wagen polterten noch über eine Brücke und hielten dann vor einem vereinzelt stehenden Haus. Dies war das Restaurant »Phantasie«, dessen Name allein schon in allen Tifliser Frauenherzen lockende Träume erweckte, denn es hatte einen großen Garten voll schattiger Pfade und in diesem Garten gab es, an einem Nebenarm der Kura gelegen, verschwiegene, kleine Pavillons, in denen man soupierte.

Einen dieser Pavillons hatte Hauptmann Putilow für diese Nacht bestellt und der junge Franzose bewunderte die Bequemlichkeit seiner Einrichtung. Er umfaßte zwei oder drei recht geräumige Zimmer mit weichen, kaukasischen Teppichen auf den vielen Divans und vor diesen Zimmern befand sich eine kleine Galerie, von der man in den Garten und auf den Fluß hinabblickte, dessen rastlos heiteres Plätschern die Stille belebte. Auf dieser Galerie war der Tisch gedeckt.

Die »Zurna«, ein kleines Orchester, harrte schon auf der einen Seite der Galerie der Gäste. Es waren vier Kaukasier von persischem Schlag, deren einer die Flöte blies, ein anderer Klarinette, der dritte spielte Akkordeon und der vierte hockte neben einer großen Trommel, die er mit seinen Fingerknöcheln zum Tönen brachte. Diese vier Gesellen, die weder Takt noch Rhythmus zu kennen schienen, vereinigten sich zu einem Tönewirrwarr, der unserem jungen Leutnant nach den einfachen, klangvollen Melodien der Cafékonzerte, an die er gewöhnt war, ganz unverständlich schien. Diesen bizarren, eintönigen, kurzen Phrasen, die sich mit geringen Variationen unaufhörlich wiederholten, vermochte er weder Rhythmus noch Melodie abzulauschen. Es waren Zusammenklänge von Tönen, die ihm ganz fremd erschienen, und ein gehämmerter Rhythmus, als würde Peitschenknallen ein im Kreise trabendes, todmüdes Roß immer wieder auf kurze Augenblicke zu Galoppsprüngen anfeuern.

Obwohl man erst nach sieben Uhr vom Mittagessen aufgestanden war und es jetzt noch nicht ganz zehn war, mußte man wieder eine Mahlzeit bewältigen und Naudin bewunderte den Appetit, mit dem seine Freunde dem Menu zusprachen. Man begann mit kleinen Forellen in Aspik und endete beim unvermeidlichen schwarzen Kaffee – was dazwischen lag, war für Naudin nur die Erinnerung an eine schier endlose Reihe immer neuer Schüsseln und Teller. Die Weine waren nicht weniger zahlreich und ihre Mischungen gefährlich. Alexander Naudin, der sich hart an der Grenze seiner Besinnung fühlte, mußte auf seiner Hut bleiben, um das Ende des Festes im Vollbesitz seiner fünf Sinne zu erleben.

Er beobachtete Nadja, die neben ihm saß. Sie war trotz des Lebens, das sie führte, ganz jung und hatte ein frisches Aussehen. Ihre Haut hatte jenen bleichen Schimmer, wie man ihn im Orient oft sieht und keinerlei künstliche Mittel suchten ihr lebhaftere Farben zu geben. Nicht einmal die Lippen waren geschminkt, nur ein wenig Puder verschmähte Nadja nicht in ihrem Gesicht. Sie machte keinerlei Bemühung, um Naudin zu gefallen, warf ihm keine Blicke zu und blieb überhaupt auffallend still. Sie schien ganz teilnahmslos und unberührt. Weder der Glanz des Festes, noch die vorzüglichen Speisen, nicht die Glut der Weine oder die aufwühlenden Klänge des Orchesters schienen sie zu erreichen. Selbst die Pracht der warmen, stillen, orientalischen Nacht ringsum ging spurlos an ihr vorüber. Trotzdem war sie keineswegs verstimmt und sie wirkte auch durchaus nicht dämpfend auf die lebhafte Stimmung der anderen. Sie blieb wohl still, aber nicht wie ein nörgelnder Beobachter, sondern es war einfach ihre Art, und man konnte ihr daraus keinen Vorwurf machen. Alexander Naudin verstand sie.

Ein- oder zweimal hatte er versucht, sie zu umarmen, sie an sich zu ziehen und ihren Hals zu küssen, diesen biegsamen, matten Hals, dessen weiche Linien in so reizvoller Art bis zu den Knospen ihrer jugendlichen Brüste verliefen, die er durch die dünne Bluse schimmern sah, denn er war ganz bezaubert von ihr und der Gedanke, daß alle diese Reize sich ihm entschleiern würden, machte es ihm schwer, kaltes Blut zu bewahren. Aber Nadja war für solch lebhafte Huldigungen nicht zu haben. Sanft zwar, aber unerbittlich drängte sie den hitzigen Leutnant zurück und nur ihre Augen sprachen vorwurfsvoll: »So etwas tut man bei uns nicht!«

Und wirklich »so etwas« gab es nirgends rund um die Tafel. Bloß der Notar hatte einmal zwei klingende Küsse auf die Wangen der Blondine gedrückt, aber das waren sozusagen bloß väterliche Küsse gewesen, denen jeder sinnliche Beigeschmack gefehlt hatte und sowie diese Formalität erfüllt war, hatte er sich um seine Nachbarin nicht im geringsten mehr gekümmert. Und die Offiziere machten es nicht anders. Kaum, daß sie einmal das Wort an ihre reizenden Tischgenossinnen richteten. Ihr Hauptinteresse galt an diesem Abend dem Weine und nicht den Frauen, und diesem blieben sie nichts schuldig. Als würden die scharfen Dissonnanzen der Musiker, diese ewig sich wiederholenden, eindringlichen, asiatischen

Variationen, diese hoffnungslosen Klagen der Instrumente ihre Adern zur Fieberglut erregen und sie zwingen unaufhörlich zu trinken, um die Hitze ihrer Körper zu kühlen. Süßer französischer Champagner wechselte mit den herbsten, schwersten Weinen des Kaukasus. Der Notar erhob sich manches Mal, um mit breiten, wuchtigen Armbewegungen das kleine Orchester zu dirigieren, oft auch sang er mit voller Kraft eines der kaukasischen Volkslieder. Dem russischen Leutnant wieder ließen die Klänge der Lesginskaja keine Ruhe, und kaum ertönten die ersten Takte, so verließ er schwankend seinen Platz und tanzte, trotz seines Rausches, zur Verblüffung Alexander Naudins, eine Champagnerflasche am Kopf balancierend, voll Anmut und Geschmeidigkeit, wie ein Akrobat.

Der Prinz hatte sich mit einem der Mädchen ins Nebenzimmer zurückgezogen und man sah ihn dort auf dem Divan liegen und hörte hie und da Bruchstücke aus Liebesliedern Lermontows, die er mit dunkler, leidenschaftlicher Stimme rezitierte. Bloß Naudin machte Nadja in seiner Art den Hof. Aber er war durch sein mangelhaftes Beherrschen der Sprache empfindlich gestört, und die mühsam eingeleitete Unterhaltung erstarb immer wieder allzu rasch. Nachdem er lange einem Gedanken nachgehangen, gelang es ihm mit vieler Mühe und sich unzählige Male verbessernd, ihn seiner Nachbarn verständlich zu machen:

»Würde man einen Russen und einen Franzosen zwischen einem Abend mit Alkohol und mit Frauen wählen lassen, dann würde sich der Russe für den Alkohol, der Franzose aber für die Frauen entscheiden.«

Mindestens fünf Minuten hatte es gedauert, ehe es ihm gelungen war, diesen schwierigen Satz in russischer Sprache auszudrücken. Nadja blickte ihn mit einer gewissen Verwunderung an und meinte dann: »Trinken muß man.«

Und sie füllte sein Glas mit Rotwein. Es war das erste Mal, daß sie sich um ihn kümmerte, daß sie für ihn sorgte und wie sonderbar auch ihre Antwort gewesen war, Alexander Naudin nahm sie als Zeichen ihres erwachenden Interesses und hielt sich verpflichtet, den Wein, den sie ihm eingeschenkt hatte, bis zur Neige zu leeren.

Verstohlen blickte er auf seine Armbanduhr. Es war schon zwei Uhr morgens! »Es sind bald zwölf Stunden,« überlegte er, »daß wir nichts anderes tun, als essen und trinken. Es muß doch alles seine Grenzen haben! Ich würde lieber die Nacht nach meinem Geschmack beschließen und mit diesem reizenden Mädchen allein bleiben.«

Aber die anderen Gäste ließen keine Anzeichen von Müdigkeit erkennen und schienen offenbar das begreifliche Verlangen des jungen Franzosen durchaus nicht zu teilen. Er entschloß sich schließlich, seinen Freund Putilow, der äußerst lebhaft war, während der prächtige Oberst nach jedem Glas Wein, das er trank, noch statuenhafter wurde, mit seinen Wünschen vertraut zu machen. Doch auch da fand er kein Verständnis. »Aber, was fällt Ihnen ein!« rief Putilow ganz empört. »Wir wollen doch zusammen bleiben! Heute nacht wird gezecht, für die Liebe bleibt morgen Zeit genug. Im übrigen, mein lieber Alexander Eduardowitsch, sind Sie heute unser Gast, für heute haben wir Sie ganz mit Beschlag belegt und die Nacht ist noch nicht zu Ende. Wir wollen noch nach Mzehet, wo in der Kathedrale die alten, georgischen Königsgräber sind. Wir werden dort wohl eine offene Schänke aufspüren können. Es sind bloß zwanzig Werst bis dahin, die frische Luft wird uns gut tun.«

Alexander Naudin befand sich schon in jenem glücklichen Zustand, in dem man keinen großen Widerstand mehr zu leisten vermag, besonders einer so herzlichen Einladung gegenüber nicht und eine halbe Stunde später brach die ganze Gesellschaft auf. Nur der Prinz blieb auf dem Divan, wo er mitten in den leidenschaftlichsten Strophen von Lermontow in tiefen Schlaf gesunken war. Der Notar vermochte seine Beine nicht mehr recht zu gebrauchen und mußte von Putilow und dem Oberst in seinen Wagen gehoben werden. Kaum fühlte er die frische Luft, als auch er einschlief. Tiefer Schlaf lag auch über der alten Königstadt Mzehet. Nur mit Mühe gelang es den Offizieren, einen Wirt zu wecken, der Wein bringen mußte. Der russische Leutnant stöberte im Hof der Herberge einen dort angebundenen jungen Bären auf, der glücklicherweise einen Maulkorb vor hatte und begann zur Freude der übrigen mit ihm zu kämpfen. Er vermochte ihn schließlich zu Boden zu strecken, aber es war ein heißer Kampf gewesen und die zerfetzte Uniform des Offiziers bewies, daß der Bär verstanden hatte, von seinen Tatzen ausgiebig Gebrauch zu machen.

Endlich gab man das Signal zur Heimkehr. Schon schimmerte es hell im Osten, und über den felsigen Hügeln im Norden von Tiflis strahlte in majestätischem Glanze Venus. Alexander Naudin lehnte den Kopf an die Schulter seiner Nachbarin und flüsterte ihr zärtliche Torheiten zu, auf die sie keine Antwort gab. Die kalte Luft, die auf seinen Wangen brannte, verscheuchte jede Spur des Alkohols, der doch begonnen hatte, seine Gedanken zu trüben. Er fühlte sich stark und frisch und zitterte in der Vorfreude des baldigen Besitzes der reizvollen Nadja.

Aber in Tiflis angekommen»erkannte er die Weisheit von Putilows Worten. Mädchen und Männer sagten einander Gute Nacht und jeder ging seiner Wege. Naudin aber verspürte keine Lust, dasselbe zu tun und frug Nadja, ob er sie begleiten könne. »Unmöglich,« war ihre lakonische Antwort.

»Aber dann kommen Sie doch wenigstens mit mir in mein Hotel.«

»Wenn Sie wollen,« erwiderte sie gleichmütig, »ich bin schläfrig.«

Im Hotel London wollte der Nachtportier sie nicht einlassen. Naudin, der sich zu ärgern begann, erkundigte sich nach einem Ort, wo sie die Nacht verbringen könnten. »Für die ganze Nacht müßten Sie Ihre Pässe mithaben,« meinte der Portier, »aber für ein, zwei Stunden nimmt man Sie sicher im Hotel Belmont auf.«

Naudin, immer wütender, gab dem Chauffeur die Adresse, ohne erst Nadja nochmals zu befragen.

Einige Minuten später wurden sie in einem schäbigen, kleinen Hotel von einem Burschen in bloßem Hemd empfangen, der ihnen, nachdem Naudin ihm einige Rubel im vorhinein bezahlt hatte, ein Zimmer aufsperrte.

Die Luft hier, hinter den geschlossenen Fenstern, war zum Ersticken. Nadja sank, wie sie war, sofort aufs Bett. »Ich will schlafen,« murmelte sie mit halbgeschlossenem Mund, wie ein müdes Kind.

»Machen Sie sich's bequem, mein kleines Täubchen,« redete Naudin ihr zu, der selbst sich zu entkleiden begann und in einer winzigen, wackeligen Waschschüssel Gesicht und Hände vom Staub der Landstraße reinigte.

Nadja hatte sich indessen geräuschlos ausgezogen und als Naudin sich zu ihr umwandte, sah er sie nackt ausgestreckt auf dem Bette liegen. Sie hatte die Augen geschlossen, und ihr Arm stützte den nach hinten geneigten Kopf.

Die weichen Linien ihrer schmalen Beine, die kaum ausgeprägten, jugendlichen Hüften, der mattglänzende, kindlich schlanke Körper und die zartgeformten, kleinen Brüste boten den entzückten Augen des jungen Leutnants ein liebliches Bild.

Er setzte sich auf den Bettrand und ergriff ihre freie Hand, die er an seine Lippen führte, doch als er sie losließ, fiel der Arm kraftlos auf das Bett zurück. Er neigte sich über sie und küßte ihren halbgeöffneten Kindermund. Nadja erwiderte seine Küsse nicht, sie schien sie kaum zu fühlen. Aber ihr Kopf rollte nach der Seite und ihre Wange lehnte sich an ihre Schulter. Immer noch blieben ihre Augen geschlossen. »Aber sie schläft ja,« sagte sich Alexander Naudin. »sie schläft wie ein Murmeltier! Sie muß doch aufwachen!« »Nadja,« rief er und schüttelte sie leicht. »Nadja!«

Sie hörte nicht. Er verstärkte seine Bemühungen, er sprach lauter, er versuchte sie im Bette aufzurichten. Der geschmeidige Körper setzte ihm keinerlei Widerstand entgegen, entglitt aber bald seinen Fingern und sank in die frühere Lage zurück.

Für einen Augenblick blinzelte sie traumverloren aus halbgeöffneten Lidern. »Ich schlafe.« flüsterte sie sanft.

Und sie drehte sich nach der Seite, legte einen Arm über ihre Augen, um sie gegen das Licht zu schützen und schlief sofort weiter.

Unser Freund Alexander Naudin war eine Beute der widerstreitendsten Gefühle. Wie es verständlich ist, fühlte er einen gerechtfertigten Zorn. Aber Nadja böse zu sein, daß sie nach einem lärmenden Fest, nach einem üppigen Gelage mit allzu starken Weinen und nach einer langen Autofahrt dem stärksten und natürlichsten aller Triebe, dem Schlaf unterlag, fiel ihm doch schwer. Sie war so rührend schön, wie sie da vor ihm lag, daß er zugleich mit dem größten Verlangen nach ihrem Besitz ein noch größeres Mitleid mit ihrer Schwäche fühlte, die sie ihm entrückte. Er erinnerte sich, was Iwan Iljitsch Putilow gesagt hatte. Was er von seiner Freundin dieser Nacht begehrte, waren eben Dinge, die unter solchen Umständen nicht üblich waren. Wollte man im Kaukasus leben, dann mußte man auch seine Sitten annehmen!

So kleidete Naudin sich mit einem tiefen Seufzer wieder an, ohne seine Blicke von der schönen Nixe auf dem Bett fortwenden zu können. Wie schwer es ihm auch war, sie zu verlassen, die Hoffnung, ihr in einer günstigeren Stunde wieder zu begegnen, erleichterte ihm sein Opfer.

Er nahm eine Banknote aus der Brieftasche und malte mit großer Sorgfalt einen russischen Abschiedsgruß auf seine Visitkarte: »Morgen, Dienstag fünf Uhr, Hotel London, Zimmer sechzehn« und mit Galgenhumor fügte er noch hinzu: »Schlafen Sie gut!«

Dann schob er das Geld und die Karte zwischen die Finger der Schlafenden und verließ leise das Zimmer. Es war heller Morgen, als er endlich in seinem Bette lag, das er nach wohltätigem Schlaf, aber schon um ein Uhr wieder verließ. Nach Tisch streckte er sich mit einer Zigarette im Mund auf seinen Divan und – erwartete Nadja. Aber würde sie denn kommen? Ihr verlockendes Bild, das er nachts vor Augen gehabt, umgaukelte ihn ... Und er konnte ein Lachen nicht zurückhalten, wenn er an sein gestriges Pech dachte. Ein entzückendes Weib nackt in seinen Armen zu halten und sie bloß einmal auf den Mund zu küssen! Wie würden seine Kameraden im Regiment lachen! Einzelne Takte kaukasischer Melodien tauchten in seinem Kopfe auf. Merkwürdig, daß er sie sich gemerkt hatte. – Etwas hatte in der Stimmung dieser Nacht gelegen, durch das dieses Fest sich keinem je im Westen verlebten gleichstellen ließ. Diesem »Etwas« grübelte Naudin nach ... Waren es die feuchten, rauschenden Gärten, der Duft der ländlichen Erde, die Klänge der Instrumente, die aus den Tiefen der asiatischen Seele zu quellen schienen? Oder die stillen Frauen, die Schönheit und Wärme der berauschenden orientalischen Nacht ...?

Mitten in diesen angenehmen Erinnerungen schlief Naudin wieder ein. –

Leichtes Pochen an der Türe weckte ihn. »Wer ist's?« rief er auffahrend.

Er blieb am Divan sitzen und rieb sich die Augen.

Die Tür ging auf und Nadja trat ein.

Aus dem Erstaunen, in das ihre Erscheinung Naudin versetzte, konnte man schließen, daß er an ihr Kommen nicht allzufest geglaubt hatte. Er begrüßte sie stürmisch, rückte ihr eifrig einen Stuhl zurecht und da er die russischen Sitten schon kannte, ließ er gleich den Samowar und Bäckereien bringen.

Nadja war so ruhig wie gewöhnlich. Auch heute gab sie sich keine Mühe zu gefallen. Sie lächelte kaum zu den vielen Torheiten, die Naudin in seinem gebrochenen Russisch begeistert heraussprudelte und selbst, als er sie zu entkleiden begann, behielt sie immer noch ihre gleichmütige Ruhe. –

Gegen neun Uhr abends machte Alexander Naudin, der in glücklichster Laune war, den Vorschlag, vor dem Abendessen noch eine Spazierfahrt zu unternehmen. Nadja stimmte zu und so fuhren die beiden jungen Leute los und nahmen erst um zwei Uhr morgens voneinander Abschied.

Von da ab sahen sie einander täglich. Nadja kam, kaum daß sie aufgestanden war, das heißt gegen sechs Uhr abends, ins Hotel London und blieb mit Alexander Eduardowitsch bis spät in die Nacht zusammen, die man stets nach der Sitte des Landes in einem der Gärten in der Umgebung der Stadt zubrachte. Sie war immer in derselben gleichmäßigen Laune, nie sah er sie aufgebracht, nie hörte er ein lautes Wort von ihr, sie suchte keinen Streit, blieb still und ließ wenig von ihren Gefühlen erkennen. Unser Leutnant aber verfügte über um so mehr Beredsamkeit und jugendliches Schwärmen und er fand kaum Zeit, sich ihrer Zurückhaltung recht bewußt zu werden. Sie war hübsch, jung, gesund und man konnte sich gut mit ihr vertragen, überdies legte er mit ihr Ehre ein, wo immer sie sich öffentlich zeigten, denn ihr Benehmen war untadelhaft und ihre Schönheit erregte Aufsehen, wofür Alexander Naudin mit einer bei einem jungen Menschen verständlichen Eitelkeit äußerst empfänglich war. Was verlangt man von der Freundin weniger Wochen mehr?

Ursprünglich hatte Naudin die Absicht gehabt, bloß zwei oder drei Wochen in Tiflis zu bleiben und dann in Kaukasien zu reisen. Aber bald war er so an das träge, gleichmäßige, nachtschwärmerische Leben, das er mit Nadja führte, gewöhnt, daß er seine Abreise in immer weitere Fernen verschob.

Er betrachtete seine Freundin, wie ein kleines, fremdartiges Tierchen, das er ganz reizend fand, obgleich es ihm stets unverständlich blieb. Um die Wahrheit zu gestehen, besonders eines überraschte ihn ungemein, das war der Umstand, daß sie in den Armen ihres Geliebten keinerlei übermäßiges Vergnügen zu empfinden schien. Wirklich zeigte sie – es war unglaublich – nicht ein bißchen Verliebtheit. Nun war Alexander Naudin aber ein bildhübscher, junger Bursche, der sich in seiner Heimat in den Kreisen der Halbwelt, die, seinem Alter entsprechend, bisher sein Studiengebiet gewesen, unbestrittener Triumphe erfreut hatte. Darum hätte er es nicht anders erwartet, als auch von Nadja tausend Schmeicheleien zu hören und ihr jene Zärtlichkeiten zu entlocken, die den Frauen als Kleingeld dienen, mit dem sie denjenigen belohnen, der es versteht sie glücklich zu machen. Und Nadja gab ihm nichts von beiden! Das war höchst sonderbar und nur durch eine offenbare Empfindungsarmut dieser »kleinen Sibirin«, wie er sie nannte, seitdem er erfahren hatte, daß sie aus Omsk stammte, zu erklären. »Es ist zu wenig Sonne bei euch,« sagte er, »du bist noch nicht aufgetaut.«

Worauf Nadja erwiderte: »Es gibt in Omsk mehr Sonne als in Tiflis, denn wir sehen sie Sommer und Winter. Selbst wenn die Temperatur auf dreißig Grad unter Null sinkt, ist der Himmel immer gleich klar und die Sonne scheint.«

Immerhin konnte Alexander Eduardowitsch trotz alledem zu keinem klaren Urteil über die Sonderbarkeit in Nadjas Wesen gelangen. Gern wäre er der Pygmalion dieser nordischen Galathea geworden, aber sie blieb so kalt wie der Winterschnee ihrer Heimat, ja selbst ihre Haut war von eigenartiger Kühle. »Für den glühenden Sommer von Tiflis bist du die vollendetste Geliebte. Wie aber mag man im Winter mit dir leben können?«

Nadja lächelte rätselhaft und gab keine Antwort. –

Sie wohnte nun mit ihm zusammen im Hotel London. Er staunte über ihre Fähigkeit, untätig oder schlafend ihre ganzen Tage zu verbringen. Sie lebten, wie alle Welt, im sommerlichen Tiflis, erst nachts, gingen nicht vor drei, vier Uhr morgens zur Ruhe und es kostete ihn alle Mühe, seine Freundin nachmittags endlich zu erwecken. Gleich nach dem Mittagessen hielt man Siesta, und erst zum Tee wurde Nadja wirklich wach. Manchmal gelang es ihm, sie zu überreden, solange es noch Tag war, mit ihm auszugehen, meist aber blieb sie in ihrem Zimmer, rauchte Zigaretten und träumte – weiß Gott wovon. Er war mit ihr in einigen Geschäften gewesen, um ihr Wäsche und Kleider zu kaufen, denn sie besaß kaum mehr als sie anhatte. Doch als sie Hemden, Strümpfe, einen Hut und einen Reisemantel ausgewählt hatte, erklärte sie, genug zu haben und wollte kein Geschäft mehr betreten. Niemals hatte sie Geld verlangt. Er bot es ihr an. »Was soll ich damit?« frug sie.

Oft gingen sie zusammen in die Bäder nach Orbeliani, ganz draußen in der Altstadt, wo die heißen Schwefelquellen entspringen. Die Masseure aus Azerbeidschan, die dort ihre Kunst üben, sind in ganz Rußland berühmt. Zwei Kabinen pflegten sie zu belegen, eine als Bad, die benachbarte als Ruheraum. Naudin ließ sich von einem dieser Künstler bearbeiten, und Nadja schaute, in ein Badecape gehüllt, zu. Ein dürrer Perser, dessen Muskeln wie Seile an seinem Körper vorsprangen, bemächtigte sich seines Opfers, breitete es auf einem Marmortisch aus, knetete dessen Glieder, daß alle Knochen und Gelenke krachten und drehte es schließlich um, daß man flach, mit dem Gesichte nach unten gekehrt, auf dem Bauch lag. Dann kletterte er auf den Rücken des wehrlos Daliegenden, zog dessen beide Arme nach rückwärts in die Höhe und rutschte mit geschlossenen Fersen auf der Wirbelsäule seines Patienten vom Halse bis zur Hüfte. Nachdem diese Übung etliche Male wiederholt worden war, blies der Perser in einen kleinen Leinenbeutel, der fast wie ein Dudelsack aussah und Seifenpulver enthielt, das sich wie eine Wolke über Alexander Naudins Körper legte. Dann folgte als Abschluß ein heißes Bad. Wenn dann der Perser sich empfohlen hatte, stieg auch Nadja ins Wasser und nun war es ihr Geliebter, der in ungeschickter Weise die Künste des Masseurs nachzuahmen versuchte. Auf den Ruhebetten des zweiten Zimmers erholten sie sich nach längerer Zeit erst von der ermüdenden Prozedur dieser Schwefelbäder und erfrischten ihre Lebensgeister durch den Genuß von eisgekühlten Getränken.

Sie machten auch Ausflüge ins Gebirge und wollten, um der unerträglichen Hitze von Tiflis zu entfliehen, einige Tage in Boriom verbringen. Das zahlreiche Ungeziefer aber, das sie dort im Hotel vorfanden und an das Nadja – es muß gestanden werden – sich wohl gewöhnte, machte dem jungen Franzosen den Aufenthalt unerträglich. Sie sahen die berühmten Ruinen von Ani, der Stadt der tausend Kirchen, besuchten auch Etschmiadsin am Fuße des Ararat und drangen selbst bis nach Eriwan vor, wo Nadja sich besonders wohl fühlte.

Alexander Naudin war von seiner Reisegefährtin entzückt. In ihrer Gesellschaft langweilte er sich niemals. Wohl sprach sie auch weiterhin wenig, aber Naudin war verständigerweise der Meinung, daß alles in allem genommen eine schweigsame Geliebte immer noch besser sei, als eine geschwätzige.

Er verglich sie mit den französischen Frauen ihrer Art, die er gekannt hatte. Selten kam es bei jenen vor, daß sie sich bei längerer Bekanntschaft nicht vollkommen gehen ließen und abstoßend wurden. Nun, bei Nadja konnte man unbesorgt sein. Die Französinnen hatten gewiß etwas Blendendes an sich, sie suchten stets sich in Szene zu setzen – manchmal gelang es ihnen, öfter aber nicht. Nadja war ganz ohne Ehrgeiz. Ein stilles, einfaches Wesen – so weit Naudin dies zu beurteilen vermochte – und so vollkommen natürlich, daß ihr niemals der Gedanke kam, sie könnte auch anders sein, und noch weniger der, daß es vielleicht von Vorteil für sie wäre, anders zu scheinen als sie wirklich war.

Vielleicht wäre eine Französin unterhaltender gewesen, aber von einer Art Unterhaltung, der man auf die Dauer müde wird, während Nadja einen gewissen verborgenen Liebreiz besaß, dessen Anziehungskraft Naudin allmählich wachsend erkannte, obwohl es ihm schwer gefallen wäre, ihn zu analysieren.

Immer wieder überraschte ihn die Tatsache, daß er trotz des vertrauten Zusammenlebens von seiner Geliebten eigentlich gar nichts wußte. Gewiß hatte solche Unkenntnis auch einige Vorteile, aber sie machte ihn doch oft unsicher.

Er beobachtete mit einem gewissen Erstaunen ihre gute Erziehung und einen Grad von Bildung, wie er ihn bei ihresgleichen nicht gesucht hätte. Sie hatte das Gymnasium absolviert und ihre Kenntnisse im Verein mit ihrem reizenden Benehmen mußten bei jedem, der nichts weiter von ihr wußte, die Meinung erwecken, ein junges Mädchen aus der guten Gesellschaft vor sich zu haben.

»Warum, zum Teufel, hat sie sich bloß diesem Leben in die Arme geworfen?« frug sich Alexander Naudin in seinem kindlichen Gemüt.

Aber es war nicht leicht, dieses Thema mit ihr zu besprechen. Allzu neugierigen Fragen ihres Freundes wußte sie geschickt auszuweichen und als leichtester Ausweg blieb ihr immer die Möglichkeit, die Antwort einfach schuldig zu bleiben. Er hatte bloß erfahren können, daß sie neunzehn Jahre alt sei und gerade am Tag, bevor er ihr begegnete, aus Omsk in Tiflis angekommen war. Dieser Umstand erfreute Alexander Naudin ganz besonders, denn im Grunde genommen hatte er sehr romantische Ideen und der Gedanke, Nadja aus den Armen des Notars oder des schönen Reiterobersten übernommen zu haben, wäre ihm äußerst peinlich gewesen.

»Und in Omsk«, frug er, »hattest du einen Freund, so wie mich?«

»Ja«, entgegnete sie. »Was war er von Beruf?« »Offizier.«

»Warum hast du ihn verlassen?«

Ein Achselzucken war die einzige Antwort.

Naudin schloß daraus, daß der Abschied nicht von ihrer Seite erfolgt war. Er setzte sein Verhör fort. »Gibt es auch in Omsk solche Häuser, wie jenes hier in der Ringstraße?« »O gewiß.« »Sind sie ebensogut eingerichtet, wie hier in Tiflis?« »Das weiß ich nicht!« »Warst du denn niemals darin?« frug Baudin mit einigen Zweifeln.

Sie schüttelte verneinend den Kopf. »So bist du deinem Geliebten also treu gewesen?« folgerte er mit anfechtbarer Logik.

Wieder entgegnete sie nichts.

Einige Tage später nahm Naudin das gleiche Gespräch wieder auf. Nach eifrigem Nachdenken glaubte er eine Möglichkeit gefunden zu haben, seine Freundin in eine Falle zu locken. »Ach«, begann er, »ich habe etwas über deinen Offizier in Omsk erfahren. – Er war ein Säufer.« »Wer hat dir das gesagt?« frug Nadja. »Nun, ich weiß es eben, das genügt«, entgegnete Naudin, von dem Erfolg seiner List entzückt. »Er war ein ganz unverbesserlicher Trinker.«

Nadja schaute ihn erzürnt an. »Und warum hätte er nicht trinken sollen, wenn es ihm gefiel?«

Alexander Naudin war wieder entwaffnet. Er bemühte sich vergeblich, Nadja aus ihrer Zurückhaltung hervorzulocken und behielt schließlich die Überzeugung, daß sie das Leben mit einem rohen Menschen, der ein Trinker war und sie zweifellos schlecht behandelt hatte, nicht länger habe ertragen können. Sicher war das der Grund gewesen, daß sie Omsk verlassen hatte. Nicht ohne eine gewisse Naivität teilte er ihr stolz diese seine scharfsinnige Entdeckung mit.

Aber Nadja ließ sich noch immer in keine Debatte ein und sprach nur im Tone ruhigster Überzeugung:

»Die Franzosen verstehen doch gar nichts«, und damit war das Thema erschöpft, übrigens auch die Neugier Naudins vollständig befriedigt, da der Gegenstand für ihn restlos klargestellt schien.

Eines anderen Tages, vielmehr in einer anderen Nacht, denn sie unterhielten sich meistens nachts, frug er:

»Liebst du mich?« obgleich der Augenblick, in dem er diese Frage stellte, jede Antwort überflüssig zu machen schien, so unzweifelhaft schien sie von den Umständen selbst gegeben.

»Nein«, erwiderte sie sanft.

Unser Leutnant meinte seinen Ohren nicht zu trauen und glaubte schließlich an einen Scherz seiner Geliebten, zu dem er herzlich lachte.

Er war davon überzeugt, daß Nadja mit allen Fasern an ihm hing und daß sie an dem leider allzunahen Tage, da er sie verlassen mußte, tief betrübt sein werde, denn schließlich, warum sollte ein junges Mädchen, die dieses wenig glänzende Leben gewählt und es zu keinen Reichtümern gebracht hatte, einen jungen, reichen und gesunden Burschen nicht lieben, der sie mit zarter Rücksicht behandelte und ihr alles Vertrauen entgegenbrachte? Sollten ihr vielleicht alle die Vorteile einer solchen Verbindung noch nicht ganz klar geworden sein?

Indessen war es September geworden und sein Urlaub ging bald zu Ende. Da kam Alexander Naudin auf einen Einfall, den er sogleich seiner Freundin mitteilte. Warum sollte er nicht über Konstantinopel den Heimweg antreten und warum sollte sie ihn nicht begleiten? Sie würden in Batum ein Schiff nach Konstantinopel besteigen und noch eine Woche an den Ufern des Bosporus verleben. Dann würde er nach Frankreich weiterreisen und sie nach Rußland zurückkehren...

Nadja erhob keinerlei Einwände und Alexander Naudin stellte erstaunt fest, daß sie diesen verlockenden Vorschlag, von dem er sich eine große Wirkung versprochen hatte, mit der gleichen kühlen Ruhe aufnahm, als wenn er sie zu einer Spazierfahrt in die Vororte von Tiflis eingeladen hätte. Er war einigermaßen enttäuscht darüber, aber da es nicht in seiner Natur lag, sich unnötige Gedanken zu machen, gewann er bald wieder seine alte, gute Laune zurück.

Sie begannen ihre Reisevorbereitungen zu treffen und ließen auch ihre Pässe für die Türkei vidieren. Nur noch eine Woche sollte ihr Aufenthalt in Tiflis währen.

Zu dieser Zeit geschah es, daß Nadja, die ihn, seitdem sie zusammenwohnten, buchstäblich nicht für eine Stunde verlassen hatte, plötzlich allein auszugehen begann. Als er eines Morgen seine Geliebte schlafend in ihrem Zimmer verlassen hatte, um einige Besorgungen zu machen, sah er sie zu seiner größten Überraschung ganz kurz nach seinem Weggehen in ein Telegraphenamt eintreten, an dem er eben vorüberkam. Sein erster Gedanke war, ihr zu folgen, doch zögerte er ein wenig, aber schließlich ging er ihr nach. Er sah, wie sie an einem Pult stand und eifrig ein Telegrammformular ausfüllte. Er näherte sich ihr, sie nickte ihm zu und beendete ohne sonderliche Eile ihre Depesche, die sie zum Schalter trug.

Als sie gemeinsam das Amt verließen, erwartete Naudin irgendein Wort der Erklärung darüber, welche dringende Angelegenheit sie aus dem Schlafe geschreckt und zu so ungewohnter Stunde auf das Postamt getrieben habe.

Nadja aber schien gar kein Verständnis dafür zu haben, daß es geboten wäre, die Neugier ihres Freundes zu befriedigen, und berührte mit keinem Worte die Gründe ihres Tuns. Dieses Schweigen verfehlte nicht auf den jungen Leutnant Eindruck zu machen, der schließlich selbst zu der Überzeugung kam, daß über eine so nichtige Sache eigentlich kein Wort zu verlieren sei.

An diesem Tage war Nadja ein wenig zärtlicher zu ihm. Wie man weiß, war er daran nicht gewöhnt und daher überrascht und entzückt. Er schrieb sich selbst das Verdienst an dieser Änderung zu und beglückwünschte sich zu seinem Triumph. »Also ist es mir doch gelungen, sie auftauen zu machen«, sprach er zu sich selbst.

Aber es war nicht bloß die Befriedigung seiner Eitelkeit, die Naudin verspürte. Er hatte ein recht empfindsames Herz und es kam ihm auf einmal zum Bewußtsein, daß dieses Herz sich unbemerkt an einem Spiel beteiligt hatte, zu dem es nicht geladen worden war. Diese Feststellung war der Ausgangspunkt einer Reihe von Betrachtungen, die ihn mit unerwarteter Geschwindigkeit zu einem Punkt führten, an dem anzulangen er niemals auch nur vermutet hätte. Er frug sich nämlich, warum es eigentlich nötig wäre, sich von Nadja zu trennen, da es doch am einfachsten sei, sie mit nach Frankreich zu nehmen. Bald sah er nur die verlockendsten Möglichkeiten dieses naiven Projektes. Sie würde eine Geliebte sein, mit der er bei seinen Kameraden Aufsehen erregen konnte. Ihr Liebreiz, ihre Jugend, dieses unbestimmbare Etwas, das sie so anziehend machte, würden nicht verfehlen, die Offiziere seines Regimentes zu bezaubern. Und sie war die Anspruchslosigkeit selbst, nie würde sie ihn zu übermäßigen Ausgaben veranlassen. Schließlich war er auch so an sie gewöhnt, daß er sie nicht mehr vermissen konnte... Naudin dachte stets nur laut und so sprach er auch diese Betrachtungen alle aus, während er mit Nadja beim Mittagessen saß. Sie erhob auch diesmal keinerlei Einwände und er fand dies nur ganz selbstverständlich, denn welches Mädchen wäre wohl so dumm gewesen, eine derartige Einladung abzulehnen?

Soweit standen die Dinge, als Nadja zwei Tage vor ihrer Abreise ihn bat, ihr hundertundfünfzig Rubel zu geben.

Wenn sie hundertfünfzigtausend von ihm verlangt hätte, wäre Naudin auch nicht mehr erstaunt gewesen. »Du willst Geld?« frug er, »ja, was ist denn los?«

In einem unnachahmlichen Ton erwiderte Nadja mit der ganzen unfehlbaren Kunst einer Frau, das Thema zu wechseln, um mit einem Angriff, von dem sie sicher war, daß er ihr den Sieg bringen würde, eine Debatte, die ihr unangenehm war, abzuschneiden: »Ach, ist es dir jetzt ungelegen? Sag' mir's nur frei heraus, dann

werde ich trachten, mir das Geld anderwärts zu verschaffen.«
»Aber, was fällt dir ein, davon kann gar keine Rede sein«, beeilte
sich Alexander Naudin stolz zu versichern, dem der Gedanke unerträglich war, daß sie ihn für geizig halten könnte.

Denn dieses Gebiet war in der Tat ein recht heikles. Er wußte, daß
auch Nadja die in Rußland sehr verbreitete Ansicht teilte, daß die
Franzosen recht genau auf ihre Taschen sähen, während für einen
Russen die Geldfrage ja überhaupt keine Rolle spielt. Es braucht
natürlich nicht betont zu werden, daß Naudin sich in diesem Punkte nicht das geringste vorzuwerfen hatte. Er gab seine Renten gern
aus, allerdings nicht sinnlos, sondern mit jener bedächtigen Überle-
gung eines Westeuropäers, der auch den Wert und Preis seiner
Vergnügungen zu beurteilen vermag. Und gerade dieser Lebensan-
schauung wegen, die ihm den Russen als einen größeren Kavalier
erscheinen ließ, fühlte er sich Nadja gegenüber manchmal schuld-
bewußt. Da sie früher nie von ihm Geld verlangt hatte, begriff er
jetzt auch sofort, daß er nicht einen Augenblick zögern dürfe, ihr
den gewünschten Betrag ganz nach russischer Art, ohne eine weitere Frage zu stellen, auszuhändigen. So nahm er denn seine Brieftasche heraus und überreichte Nadja eine jener schönen, mit dem
Bilde Katharinas der Großen geschmückten Noten und zwei kleine-
re zu fünfundzwanzig Rubel.

Am gleichen Abend feierten sie mit ihrem Freund, dem Hauptmann Putilow, den Abschied. Sie fuhren im Regimentsauto ins Restaurant »Phantasie« hinaus, wo die Freundschaft zwischen Naudin
und Nadja begonnen hatte. Aber Putilow, der ein Mann von Takt
war, brachte diesmal keine andere Frau mit, denn das Verhältnis
Naudins hatte zufolge seiner langen Dauer etwas von der Ehrbarkeit einer legitimen Verbindung angenommen.

Auch vermied Putilow, aus Rücksicht für Nadja, in ihrer Gegenwart mit seinem Freund französisch zu sprechen und er konnte
Naudin mit Vergnügen zu den großen Fortschritten, die er in der
russischen Sprache gemacht hatte, aufrichtig beglückwünschen.

Der Abend war immer noch milde. Nur ein kühlerer Wind strich
durch die Zweige der Bäume rings um den Pavillon, die Sichel des
abnehmenden Mondes strahlte inmitten der schimmernden Sterne
und bloß die zuckenden Rhythmen der Zurna störten den tiefen

Frieden der Nacht. Sie konnten sich alle drei der weichen Stimmung des Abends nicht entziehen und Alexander Naudin begann in seinem Gedächtnis nach Versen zu suchen, die seine Gefühle auszudrücken vermöchten. Zu seiner großen Überraschung fielen ihm vier lateinische Worte ein, die seit der Schulzeit seinem Gedächtnisse entschwunden gewesen waren: *Per amica silentia lunae ...*

Ein vorzügliches Souper mit allerlei schweren Weinen verscheuchte bald die Befangenheit die die ungewöhnliche Schönheit dieses Herbstabends hatte aufkeimen lassen. Beim Dessert erhob sich Putilow, um einen Toast auf seine Wirte auszubringen. »Wein lieber, verehrter Alexander Eduardowitsch,« begann er, »als Offizier erhebe ich mein Glas auf die Niederlage, die die französische Armee in einem ihrer hervorragenden Mitglieder auf russischem Boden erlitten hat. Um sie zu besiegeln genügte eine Frau meines Vaterlandes. Nadja, ich trinke jetzt auf Ihr Wohl, auf Ihren Sieg und auf die Fortsetzung Ihrer Erfolge. Unser geschätzter Freund entführt Sie nach Frankreich, wo Sie seinen Landsleuten zeigen werden, was ein wahres Mädchen von russischem Blute ist. Hurra!« Worauf der Hauptmann in einem Zuge sein Glas leerte, um es sodann am Tisch zu zerschellen, was ihn indes nicht hinderte, mit einem neu herbeigebrachten Glase Bacchus weiter zu huldigen.

Alexander Naudin fühlte sich am Gipfel seines Glücks. Sogar Nadja, die für gewöhnlich fast gar nichts trank, hatte an diesem Abend einige Gläser Wein geleert. Iwan Iljitsch Putilow umarmte beide, ehe sie wieder ihren Wagen bestiegen, um nach Tiflis zurückzukehren.

In der Nacht aber, als sie allein in ihrem Zimmer waren, schlug die Stimmung Nadjas mit einem Male um. Sie wurde traurig, warf sich auf den Divan und vergrub den Kopf in ihre Hände. Alexander Eduardowitsch beachtete dies zuerst nicht. Er entkleidete sich und pfiff dabei, so gut es ihm gelingen mochte, was nicht viel sagen will, ein kaukasisches Lied, das seine Lieblingsmelodie geworden war. Erst, als er im Bette war, bemerkte er, daß Nadja noch immer, ohne sich zu rühren, auf dem Divan lag. Er rief sie, sie antwortete nicht. Es blieb ihm nichts übrig, als wieder aufzustehen und sie zu holen, aber auch da fand er Widerstand. »Ich bin müde«, brummte sie, »ich will mich heut' nicht ausziehen, ich werde hier schlafen.«

Sie war unruhig und schien aufgeregt. »Aber«, redete Naudin ihr gutmütig zu»»du wirst im Bett an meiner Seite viel besser schlafen. Es ist doch unsere vorletzte Nacht in Tiflis.«

Nadja ließ sich überreden und kam in das gemeinsame Bett.

Als er später eben im Begriffe war, sich ermüdet ganz dem Schlafe zu überlassen, hörte er die weiche Stimme Nadjas ganz nahe seinem Ohr flüstern: »Ich bin sehr unglücklich.« »Schlafe,« erwiderte Naudin, nur noch halb bei Bewußtsein, in das der Sinn ihrer Worte gar nicht mehr eingedrungen war.

Sie seufzte noch einige Male schwach und dann flüsterte sie von neuem:

»Ich habe dich ja so lieb.«

Alexander Naudin vernahm wohl diese Worte und behielt sie in seinem Gedächtnis, aber in diesem Augenblicke machten sie keinerlei Eindruck auf ihn, obwohl es das erstemal war, das Nadja sie ausgesprochen hatte. Unter anderen Umständen hätten sie ihn tief beglücken können, jetzt aber begnügte er sich damit, sie – ohne ihren Sinn zu erfassen – zu bewahren.

»Schlafe, Liebste.« gab er zurück. »Bis morgen...«

Und er versank selbst in tiefen Schlaf.

Am Nachmittag des nächsten Tages packten sie ihre Koffer. Abends ging Naudin aus, um einige Abschiedsbesuch zu machen und verabredete mit seiner Freundin, sie gegen zehn Uhr abzuholen. Pünktlich zur vereinbarten Stunde kam er zurück. Nadja war nicht im Zimmer. Er streckte sich eine Weile auf dem Divan aus, plötzlich fuhr er auf und lief zum Portier.

»Ist die Dame ausgegangen?« frug er.

Der Portier erwiderte halblaut: »Allerdings, vor zwei Stunden. Mit ihrer Handtasche. Sie hat einen Wagen bestellt und ist zur Bahn gefahren.«

Naudin gelang es mit großer Mühe, vor dem Portier seine Erregung zu verbergen und langsam stieg er wieder zu seinem Zimmer hinauf. Erst jetzt kam er auf den Gedanken sich umzusehen und er fand auf dem Tische ein Blatt Papier, recht sichtbar hingelegt, das die Schrift Nadjas trug. »Man ruft mich nach Omsk, dort muß ich leben, verzeih' mir.« – »Der Teufel soll diese russischen Weiber holen, sie sind verrückt, reif fürs Irrenhaus... ein Alkoholiker... ein ganz brutaler Kerl! ... Sie verdient nichts Besseres... Ein Glück nur, daß ich sie nicht liebe,« fügte er tapfer hinzu.

Trotzdem aber fühlte er einen sonderbaren Druck in der Kehle und einen merkwürdigen Kitzel in den Augen. Da niemand im Zimmer war, zog er sein Taschentuch und trocknete sich die Lider .....

Sechs Monate später sprach er zu einem seiner Freunde in Vincennes:

»Mein Liebster, mit den russischen Frauen, das ist so eine eigene Sache. Man darf nicht versuchen, sie begreifen zu wollen – Du hast eine Freundin, sie liebt dich, sie ist dir treu, sie lebt mit dir, wie dein Schatten... und krach – eines schönen Tages verschwindet sie ohne jeden Grund... Es scheint, daß sie mehr als ein gewisses Maß von Glück nicht zu ertragen vermag ... Ja, ich hab' so was dort unten erlebt ... Diese Frauen, du würdest es gar nicht für möglich hallen, überkommt ganz plötzlich ein geradezu krankhafter Trieb danach, unglücklich zu sein. Und wenn sie das packt, dann läßt sich gar nichts machen, dann gehen sie auf und davon ... Nun und unsereiner kann sich in so etwas gar nicht hineinfinden, solche Katastrophen sind nicht nach unserm Geschmack. Und trotzdem, mein Lieber... diese russischen Frauen... es gibt halt nichts auf der Welt, was ihnen gleichkommt ...«

Und er begann, nicht ohne eine Menge falscher Noten, das Kaukasische Lied zu pfeifen, das seine Lieblingsmelodie war...

Wera Alexandrowna

Ture Ekman, Chefredakteur einer einflußreichen Stockholmer Tageszeitung, hatte im Verlaufe des dritten Kriegsjahres den Wunsch, sich mit eigenen Augen davon zu überzeugen, wie die Dinge in Rußland ständen und bemühte sich deshalb um eine Einreisebewilligung. Da seine Zeitung – in Schweden ein Ausnahmsfall – sich den Alliierten gegenüber stets wohlwollend verhalten hatte, erhielt er ohne Schwierigkeiten seinen Paß und traf Ende Dezember 1916 in der russischen Hauptstadt ein. Wohl fehlten ihm nicht mancherlei Beziehungen in den offiziellen Kreisen und in der Gesellschaft, aber er sprach nicht Russisch noch verstand er es und dies bereitete ihm große Verlegenheit, wenn er seinen Berufspflichten gewissenhaft nachkommen wollte. Er war nicht imstande, sich auf der Straße nach seinem richtigen Weg zu erkundigen, noch vermochte er den Debatten in der Duma zu folgen und auch die Nachrichten in den Petersburger Zeitungen mußte er sich immer Wort für Wort mühsam übersetzen. Besonders dieser letzte Umstand störte ihn, denn seit zwanzig Jahren war er gewohnt, des Morgens, bevor er sein Tagewerk begann, ein ganzes Dutzend Zeitungen schnell, aber mit geübtem Blick zu durchfliegen. Er klagte seinen Ärger einem in Petersburg ansässigen Freunde und bat ihn, ihm einen Sekretär zu besorgen. Um diese Zeit aber gab es wenig junge Leute in der Stadt und so schlug sein Freund ihm vor, ein kluges und gebildetes junges Mädchen für seine Arbeit zu verwenden.

»So haben Sie auch Gelegenheit«, meinte er, »das Beste im ganzen Zarenreiche, das russische Mädchen kennenzulernen. Und wenn Sie mit ihr plaudern, werden Sie für Ihre Zwecke viel mehr Material bekommen, als wenn Sie sich die ganze ›Nowoje Wremjao; vorlesen lassen.«

Ture Ekman nahm diesen Vorschlag an. Oft schon hatte er Frauen bei seiner Zeitung beschäftigt, und ihre Arbeit hatte ihn im allgemeinen befriedigt. Er war ein Mann von fünfundvierzig Jahren, von behäbigen Gewohnheiten und einer blühenden Gesundheit, der sich ohne viel Erfolg gegen eine gewisse Wohlbeleibtheit, die mit dem Alter zunahm, verteidigte. Er war verheiratet, Familienvater, und des Abends, wenn er seine Geschäfte erledigt hatte, kehrte er ohne Umwege in seine Villa in einem Vorort Stockholms zurück, zog seine Hausschuhe an, entzündete eine Pfeife und las nach Tisch bei einem Glase Punsch seiner Frau und seiner älteren Tochter mit lauter Stimme aus einem geschichtlichen Werk oder – allerdings seltener – aus einem Roman vor. Er führte ein behagliches Leben, besaß ein eigenes Automobil und war, wenn er seine Freunde empfing, ein großzügiger Wirt.

Es waren keine achtundvierzig Stunden vergangen, als sein Freund wieder bei ihm erschien. »Ich habe etwas für Sie gefunden«, berichtete er nach den ersten Begrüßungsworten. »Es ist die Tochter eines hohen Beamten im Ministerium für Landwirtschaft, sie ist achtzehn Jahre alt und hat eben das Gymnasium verlassen. Sie hat es sich in den Kopf gesetzt, selbst ihr Taschengeld zu verdienen, obzwar ihre Verhältnisse sie durchaus nicht dazu nötigen. Nur eine Schwierigkeit besteht: sie kann kein Wort Schwedisch! Aber Französisch spricht das Mädchen geläufig und Sie sprechen es doch natürlich auch. Also werden Sie sich ohne Schwierigkeit mit ihr verständigen können. Sie heißt Wera Alexandrowna Orlowa. Ob sie klug und gebildet ist, das weiß ich allerdings nicht, aber sie ist bezaubernd, eine wahre Schönheit und dann... Wissen Sie, lieber Freund, diese russischen Mädchen haben nicht die geringste Ähnlichkeit mit unseren. Sie haben so etwas Besonderes an sich, wie man es in keinem anderen Lande findet. Geben Sie nur acht, daß Sie sich nicht verlieben!«

Als er diese Warnung hörte, brach Ture Ekman in ein lautes Lachen aus. Der Gedanke, sich in seinem Alter in ein junges Mädchen zu verlieben, schien ihm der beste Scherz, den man machen konnte. Politik und Geschäft, das war sein Fall, da stellte er seinen Mann. Aber in Fragen des schönen Geschlechts, da erklärte er sich als nicht kompetent. Er hatte übrigens auch gar kein Interesse für sie. Er dachte an seine würdige Gattin, die fast im gleichen Alter war wie er selbst, an seine Tochter, die zwei Jahre älter war als seine zukünftige Sekretärin... »Schicken Sie diese Wera Alexandrowna nur ruhig zu mir, ich habe viel Arbeit, und wenn sie tüchtig ist, werden wir uns rasch verstehen. Wenn aber nicht, und wäre sie Venus in eigener Person, dann werden Sie sich doch nach einer anderen umschauen müssen.«

Am nächsten Morgen gegen elf Uhr meldete ihm der Portier durchs Zimmertelephon, daß eine Dame ihn zu sprechen wünsche.

Er wagte nicht recht, sie in seinem Zimmer zu empfangen, und ging deshalb in die Hall hinunter. Hier fand er sich einer Gestalt von mittlerer Größe gegenüber, die trotz eines großen Pelzmantels, in den sie eingehüllt war, die schlanke Linie ihrer Figur erraten ließ und der erste Eindruck, den er gewann, war der eines kultivierten Wesens. Sie stand vor dem Fenster, und er bemerkte zunächst nur die Umrisse ihres kleinen Kopfes und in einem edelgeschnittenen, bleichen Gesicht zwei auffallend große Augen von unbestimmter Farbe, die ihm prüfend und offen entgegenblickten. Mit einer Bewegung voll Natürlichkeit streckte sie ihm die Hand entgegen und weder Vertraulichkeit noch Schüchternheit lagen in dieser Geste. Eher war es Herr Ture Ekman, bei dem man in diesem Augenblick eine gewisse Verlegenheit hätte beobachten können, denn er wußte wirklich nicht recht, wie er sich dieser eleganten, jungen Dame gegenüber, die in seine Dienste treten wollte, zu benehmen habe.

Er entschuldigte sich, sie nicht in seinem Zimmer empfangen zu können und schlug vor, in den Lesesaal einzutreten. Hier war es aber so voll und lärmend von all den Menschen, die kamen und gingen, in den Zeitungen blätterten oder sich unterhielten, daß sie nur mit Mühe einen Platz fanden, wo sie sich niedersetzen konnten. An Arbeit war in so einem Gewimmel nicht zu denken.

Ekman wandte sein gutmütiges Gesicht eines ruhigen, gutgenährten Mannes dem jungen Mädchen zu und begann zu lachen. »Nun, was sollen wir tun, Wera Alexandrowna?« »Was Sie wünschen.«

Er zögerte einen Augenblick. »Wir müssen zu mir hinaufgehen. Sie sehen doch nichts Unpassendes darin?« »Und warum sollte ich?« gab das Mädchen zurück. »Nun gut. Gedulden Sie sich hier nur ein paar Augenblicke, vielleicht suchen Sie indes aus den letzten Nachrichten der ›Nowoje Wremja‹ das Interessanteste heraus, ich komm' sofort zurück.«

Er ging in sein Zimmer, um zu sehen, ob es schon aufgeräumt sei, ließ einen Wandschirm bringen, den er vor dem Bett ausstellte, eilte wieder hinunter, kaufte beim Portier einen ganzen Stoß Zeitungen und kam ganz erhitzt von so viel Tätigkeit zu dem jungen Mädchen zurück, um sie hinaufzuführen.

Im Zimmer legte sie ihren Hut und ihren Mantel ab und jetzt konnte auch er bemerken, daß sie wirklich ausgesprochen schön sei. Sie hatte kurzgeschnittene, braune Locken, ein ovales Gesicht, dessen etwas bleicher Teint sich oft in anmutiger Weise färbte, ihre großen, grauen Augen blickten unschuldig und träumerisch und der Kleine, feingezeichnete Mund ließ, sobald sie lächelte oder sprach, eine Reihe blendend weißer Zähnchen sehen. Die langen, schmalen Hände waren sorgfältig gepflegt. Der gute Ture Ekman war etwas verblüfft und er dachte bei sich: wie wird's bei dieser verwöhnten, jungen Dame wohl mit der Arbeit ausschauen? Er bereitete sich darauf vor, ihr Geduld und Nachsicht in großem Maße entgegenzubringen.

Indessen ließ er Wera Alexandrowna in einem bequemen Fauteuil Platz nehmen, suchte ihr die »Nowoje Wremja« heraus und setzte sich selbst mit einem Bleistift in der Hand und einem Blatt Papier vor sich, an den Tisch. »Nun, was gibt's Neues vom Krieg?« frug er.

Das junge Mädchen begann in der dicken Zeitung zu blättern und fand nicht ohne einige Schwierigkeit endlich die Meldung des großen Hauptquartiers. Sie begann zu übersetzen, aber vor den vielen technischen Ausdrücken, die in dem Bericht enthalten waren, stutzte sie, suchte krampfhaft nach den französischen Ausdrücken, und es kostete sie die größte Mühe, um all das Sperrfeuer und die vielen Schützengräben zu überwinden. Ihre Pausen wurden immer länger und schließlich blieb sie in den Stacheldrahtverhauen ganz und gar hilflos hängen. Die Anstrengungen, die sie machte, um wieder loszukommen, färbten ihre Wangen purpurn und Ture Ekman, der ihr zu Hilfe kommen wollte, erreichte nichts weiter, als sich nun ebenfalls darein zu verwickeln. Nach einer Viertelstunde hartnäckigster Arbeit waren sie beide erschöpft und vollkommen am Ende ihrer Kräfte und hatten von ihrem Arbeitspensum erst ein winziges Stück erledigt.

Wera Alexandrowna seufzte. »Ich hätte nicht gedacht, daß es gar so schwer sei,« sagte sie, »so gern wäre ich Ihnen nützlich gewesen, aber ich glaube, daß es mir niemals gelingen wird.«.

Ihr Bedauern war so anmutig und ihr Eifer so offenbar, daß das Herz des guten Schweden ganz gerührt wurde. Schließlich sei dies ebenso eine Fertigkeit, die man erlernen müsse, wie jede andere, sie dürfe nicht gleich verzagen, gewiß werde sie die Schwierigkeiten, denen man am Anfang immer begegne, bald überwinden. Er verwandte so viel Mühe darauf, sie zu beruhigen, daß sie sich endlich überzeugen ließ und sich an den Leitartikel, der von der äußeren Politik handelte, heranwagte. Aber auch hier fehlte ihr bald der französische Wortschatz, um die spitzfindigen Betrachtungen des offenbar sehr gelehrten Verfassers des Artikels zu übersetzen. Sie faltete die Zeitung zusammen.

»So kommen wir nicht weiter, Herr Ekman. Wie sollen wir's anfangen?«

Ihr reizender Lockenkopf sank nach vorne und ihr Gesicht in beide Hände stützend, begann sie mit einer so angestrengten, ernsten Miene nachzugrübeln, daß Ture Ekman sogar seinen Atem dämpfte, um sie nicht zu stören. »Ich glaub', ich hab's gefunden,« rief sie endlich, »ich werde die Zeitungen, ehe ich zu Ihnen komme, bei mir zu Hause lesen, die wichtigsten Neuigkeiten anstreichen und Worte, die ich nicht übersetzen kann, werde ich mir im Wörterbuch heraussuchen.«

»Oder Sie werden Ihren Vater fragen,« schaltete Ekman ein, »denn allein werden Sie vielleicht nicht zustandekommen.«

»Meinen Vater,« rief das junge Mädchen mit offenbarem Schrecken, »was fällt Ihnen ein! Der würde schöne Augen machen, wenn er erführe, daß ich arbeite, um ein wenig Geld zu verdienen. Nein, nein, daß muß zwischen uns ein streng behütetes Geheimnis bleiben, Herr Ture Ekman, und ich bitte Sie sehr, verraten Sie mich ja nicht.«

Sie war sichtlich erregt, und Ture Ekman bemühte sich nach besten Kräften sie zu beruhigen. Aber die Worte, die Wera Alexandrowna gesprochen hatte, erlaubten ihm wenigstens eine Frage zu stellen, die ihm schon lange auf der Zunge brannte, aber zu der er bisher nicht den richtigen Übergang gefunden hatte. Die Frage ihres Gehaltes. Sie wurde glühend rot und senkte die Augen zu Boden, sowie er dieses peinliche Thema berührte.

»Oh, ich weiß wohl, was ich für Sie tun kann, hat nicht den geringsten Wert.«

Der gutmütige Ekman unterbrach sie, um ihr zu erklären, daß sie gar keinen Grund habe so hoffnungslos zu sein, und daß er überzeugt sei, sie werde sich viel schneller einarbeiten, als sie ahne. Schließlich verdiene jede Arbeit ihren Lohn, besonders, wenn sie ihm ihre ganzen Vormittage widme. Wenn er ihr ein monatliches Gehalt bestimmen wollte, so würde es mit zweihundert Rubel gewiß nicht zu hoch bemessen sein, da er aber nicht wisse, wie lange sein Aufenthalt in Petersburg dauern werde, wolle er ihr zehn Rubel als tägliches Entgelt vorschlagen, wenn ihr dies ausreichend erscheine.

Als Wera Alexandrowna diesen Betrag nennen hörte, wurde sie sehr ernst. »Ich schäme mich wirklich, so viel Geld anzunehmen, aber leider brauche ich es gerade jetzt sehr nötig, und wenn Sie mir so viel geben wollen, wie Sie sagen, dann will ich Ihnen auch versprechen, mein möglichstes zu tun und Sie zufriedenzustellen.«

Damit endete ihre erste Begegnung, die in beiden einen zufriedenen Eindruck hinterließ und sie verabredeten eine neue Zusammenkunft für zehn Uhr vormittags des nächsten Tages.

Diesmal konnte Wera Alexandrowna tatsächlich große Fortschritte aufweisen. In den zwei Stunden, die sie im Hotel Europe tätig war, gelang es ihr beinahe fehlerlos eineinhalb Spalten der »Nowoje Wremja« zu übersetzen. Das war wirklich ein großer Erfolg und Ture Ekman nahm an ihrer Freude darüber herzlich Anteil.

Trotzdem brauchte ein Mann, wie Ture Ekman, der zu arbeiten gewohnt war, nicht lang zu überlegen, um einzusehen, daß Wera Alexandrowna, vom rein beruflichen Standpunkte betrachtet, ihm nicht viel helfen könne. Da er sie indes reizend fand und auch nicht das Herz hatte, sie zu verletzen, ließ er es dabei bewenden und setzte die gemeinsame Tätigkeit fort. Immerhin war es eine große Erleichterung für ihn, als ein anderer seiner Freunde ihm einen sehr gewandten jungen Mann empfahl, der Mitarbeiter der »Birgevie Wjedomosti« war. Er vereinbarte mit diesem, daß er täglich mit ihm speise und erfuhr auf diese Weise während des Mittagessens sämtliche Neuigkeiten, die für ihn von Wichtigkeit waren.

Wera Alexandrowna aber fuhr fort, am Vormittag bei ihm zu arbeiten. Sie kam meist mit einiger Verspätung gegen halb elf mit der »Nowoje Wremja«, als einziger Zeitung in ihrer Tasche, die sie stets mit ernster Würde auf ihren Knien entfaltete. Ture Ekman hätte sich keine bessere Unterhaltung denken können, als ihr zuzusehen, wie sie die Spalten der Zeitung graziös und vorsichtig, gleich einem jungen Kätzchen, das sich in fremder Umgebung fühlt, durchlief. Manchmal vermochte er sich nicht zurückzuhalten und brach in ein so helles, jeden Hintergedanken entbehrendes und ansteckendes Lachen aus, daß das junge Mädchen vergeblich versuchte, eine gekränkte Miene zu zeigen. »Sie machen sich lustig über mich» das ist gar nicht nett von Ihnen«, und sie begann selbst mitzulachen.

Eines Tages indes war sie nervös und statt, wie gewöhnlich, in das Lachen Ture Ekmans einzustimmen, begann sie diesmal zu weinen. Als der gutmütige Schwede die schönen Augen seiner kleinen Freundin voll Tränen sah, zog sich ihm das Herz zusammen und er eilte zu ihr. »Aber, liebste Wera Alexandrowna.« redete er ihr zu. »Bitte, bitte, verzeihen Sie mir, ich bin ein ganz roher Kerl. Aber Sie wissen doch, daß ich um keinen Preis der Welt Ihnen absichtlich Kummer bereiten würde und darum bitte ich Sie nochmals, beruhigen Sie sich.«

Er streichelte dabei ihre Hand und sprach mit einer so ehrlichen Rührung, daß das junge Mädchen ihre Ruhe wieder gewann und er sehr bald das Vergnügen hatte sie wieder lächeln zu sehen.

Von diesem Tage ab herrschte eine große Vertrautheit zwischen ihnen und sie wurden ausgezeichnete Freunde.

Bald ließ er auch die Komödie des Übersetzens beiseite und zog es vor, sich mit Wera bloß zu unterhalten und fand, daß er auf diese Weise viel wertvollere Aufschlüsse über das russische Leben, die russische Häuslichkeit, die Sitten und die jungen Mädchen erhielt, als es in zwanzigjähriger, täglicher Zeitungslektüre möglich gewesen wäre. Doch beobachtete er, daß Wera Alexandrowna, trotzdem sie sehr rückhaltlos über ihre Familie und über alles, was sich rings um sie abspielte, zu sprechen pflegte, sobald ihr eigenes Leben und ihre eigene Person berührt wurden, äußerst verschlossen und karg in ihren Worten blieb. Es schien, als schildere sie ihm nur ein Schauspiel, dem sie bloß zusehe, ohne selbst daran teilzunehmen. Er gewann den Eindruck von ihr, daß sie, ein reines, gesunddenkendes, junges Mädchen, inmitten einer komplizierten, Überspanntheiten zuneigenden und alles in allem nicht ganz puritanischen Gesellschaft lebe. Daß die Kraft ihrer Jugend sie bisher vor allem Unrechten bewahrt habe und sie, wohl von vielem schon wissend, selbst noch nichts erlebt habe. Diese Frische und Unschuld des Gemütes, die ihr geblieben waren, gefielen Türe Ekman ungemein. Er erinnerte sich der Worte seines Freundes: »Geben Sie nur acht, daß Sie sich nicht verlieben!« Aber welche Gefahr hätte ihm von diesem unschuldigen Kind drohen können? Sie suchte ihm nicht zu gefallen und sie versuchte auch nicht ihn zu erobern, jede Koketterie war ihr fremd.

Ture Ekman wäre sehr erstaunt gewesen, wenn man ihm gesagt hätte, daß er trotz alledem doch auf dem besten Weg sei, sich in seine Sekretärin zu verlieben. Jedesmal, wenn er die junge Russin sah, dachte er an seine gute Gattin und an seine Töchter und er war im innersten Herzen froh, daß die Atmosphäre, in der jene lebten, so grundverschieden von der war, die er hier in Petersburg kennen lernte. Und wenn er das Schicksal überlegte, dem Wera Alexandrowna entgegenging, empfand er ein herzliches Mitleid mit ihr. Wohl wußte er, daß ihr Vater eine hohe Stellung bekleidete und in geordneten materiellen Verhältnissen lebte, aber aus einigen Worten, die ihr hie und da entschlüpft waren, hatte er erraten, daß dieser Häuslichkeit doch so manches fehlte, was uns Westeuropäern vielleicht wichtiger erscheint. Sie müßte bald einen braven Mann heiraten, der ihr ein glückliches Heim bereiten könnte. Aber würde sie denn unter ihren Landsleuten einen finden, der ihr die Sicherheit für all das Glück bot, zu dem sie berechtigt war? Eines Tages stellte er aus diesen Gedanken heraus sogar die Frage an sie, ob sie nicht mit ihm nach Schweden kommen wolle, wo sie ganz gewiß einen ihrer würdigen Gatten wählen könnte.

Als Wera Alexandrowna diesen etwas sonderbaren Vorschlag hörte, blickte sie ihn ganz erstaunt an und ihren Kopf schüttelnd, erwiderte sie mit einer gewissen Schwermut: »Ich kann nur hier leben.« –

Ture Ekman fand an der Gesellschaft dieses reizenden Mädchens schließlich so viel Geschmack, daß er sie bat, ihn auf seinen Wegen, die er nachmittags zu machen hatte, zu begleiten. Als Vorwand diente ihm vor ihr und auch vor sich selbst, daß er sie als Dolmetsch benötige.

So gingen sie jetzt öfters nachmittags aus, besuchten gemeinsam das Kino und nahmen ihren Tee im Hotel Astoria. Ture Ekman wußte ihr tausend Aufmerksamkeiten zu erweisen. Er kaufte ihr Blumen und Bonbons und gab sich ihr gegenüber ganz als väterlicher Freund. Dies berechtigte ihn natürlich zu viel größerer Vertraulichkeit und auch das junge Mädchen spielte eine solche Komödie gern mit. Im übrigen war etwas in ihrer Haltung, in der ganzen Stimmung, die sie um sich verbreitete, in ihrer unbeschreiblichen Miene, die trotz aller kindlichen Offenherzigkeit doch im gegebenen Augenblick stets alles Persönliche abzuweisen verstand, was in dem guten Schweden die feste Überzeugung hervorrief, daß sie zwar ebenso unberührt, aber auch ebenso kalt sei, wie der Schnee ihres nördlichen Vaterlandes.

Er gefiel sich darin, diese Gedanken weiter auszuspinnen, als plötzlich ein neues Ereignis eintrat, das seine schöne Überzeugung wanken machte und ihn zwang, die Richtigkeit der Hypothese, die er für seine entzückende Freundin aufgebaut hatte, stark in Zweifel zu ziehen.

Er war eines Abends zufällig in dem Bezirk, den Wera Alexandrowna bewohnte, bei Freunden zum Abendessen gewesen. Es war ein angeregter Abend, man hatte viel getrunken und es wurde fünf Uhr früh, ehe Ture Ekman sich endlich, ein wenig benommen, entschloß, den Heimweg anzutreten. Der Weg vom Prospekt Kaminow Ostrow, so hieß die Straße, in der seine Freunde wohnten, bis zum Hotel Europe war weit, auf seinen Beinen fühlte er sich nicht mehr ganz sicher, so nahm er einen Schlitten und genoß ein lebhaftes Vergnügen, als er, in seinen schweren Pelz gehüllt, vom langsamen Trab des Pferdes auf dem hartgefrorenen, unebenen Schnee geschaukelt, die eisige Winterluft über Stirn und Wangen streichen fühlte. »Ich habe nicht mehr viel Zeit zum Schlafen,« dachte er, »Wera Alexandrowna kommt ja zu ihrer gewohnten Stunde, was für ein liebes Geschöpf. ... Oh, wie müde bin ich, wenn ich nur rechtzeitig aufwache.«

Indessen begann ihn doch das Leben, zu dem die schlafende Stadt ringsum erwachte, aus seinen Träumen zu reißen. Trotz der Kälte, trotz der tiefen Finsternis, die noch herrschte, sah man allenthalben schon Gestalten vorbeihuschen. Hauptsächlich waren es Frauen, die ganz in ihre gefütterten Mäntel geduckt, mit einem warmen Schal am Kopf, den Mauern entlang glitten. Es waren Arbeiterfrauen oder Dienstmädchen, die schon zu dieser frühen Stunde der Tür eines Bäckerladens zustrebten, um dort nach unendlich langem Warten ihre kleine Ration täglichen Brotes zu erhalten. Ganz traurig wurde unser guter Schwede bei dem Gedanken an die Leiden dieser Unglücklichen, an die Geduld, mit der sie Tag für Tag ihre Qualen ertrugen. Heftige Worte fand er in seinen Gedanken für die Unfähigkeit der Behörden, der die Bevölkerung der Hauptstadt es zu danken hatte, daß sie bei zwanzig und dreißig Grad Kälte Stunden auf der Straße verbringen mußte. Unbeweglich standen in düsteren Reihen die Frauen, eine hinter der anderen, an die Mauer gelehnt, nur selten sah man Männer unter ihnen, dagegen waren selbst Kinder mit dabei. Ture Ekman zählte vor einem Laden mehr als hundert solcher wartender Personen und nur wenige Häuser weiter, auf der gegenüberliegenden Straßenseite ebenso viele vor einem zweiten Geschäfte.

Eine große, elektrische Bogenlampe warf ihr bleiches, zuckendes Licht auf die Gesichter der abgehärmten Weiber, die sich, Schutz gegen den Frost suchend, hart aneinanderdrängten.

Plötzlich fuhr er auf. Deutlich hatte er inmitten des Gedränges das Gesicht seiner eleganten Freundin erkannt. Sie war in den gleichen Pelzmantel gehüllt, den er ihr täglich sorgfältig von den Schultern nahm, um ihn auf sein Bett hinter den Wandschirm zu legen, doch statt eines Hutes trug sie, wie alle anderen, einen grauen Wollschal rund um den Kopf geschlungen, der nur die bleichen Züge ihres Gesichtes freiließ. Sie schien furchtbar müde. Ture Ekman wollte kaum seinen Angen trauen. Um sicher zu sein, wandte er sich nochmals aus dem dahingleitenden Schlitten halbaufgerichtet nach ihr um. – Ja, es war kein Zweifel möglich, sie war es. »Oh, mein Gott«, hallte sein erschrockener Ausruf, den er nicht zu unterdrücken vermochte, durch die Nacht. Beim Klang dieser Worte einer bekannten Stimme wandte das junge Mädchen den Kopf nach ihm und er begriff, daß sie ihn erkannt habe. Sein Schrecken aber war so groß und die Gedanken verwirrten sich derart in seinem Kopf, daß er sich nicht rechtzeitig zu einer Tat aufzuraffen vermochte. Und als er endlich so weit gefaßt war, um seinen Kutscher halten zu lassen, war es schon zu spät, denn der Schlitten war indes eine große Strecke weitergeglitten und so ließ er ihn denn seinen Weg zum Hotel fortsetzen. Doch trotz der Kälte blieben seine Augen weit geöffnet, wie immer, wenn er angestrengt nachdachte.

Er schlief wenig und unruhig. Zeitlicher als sonst erhob er sich, kleidete sich hastig an und eilte ins Kaffeehaus des Hotels hinunter, damit man sein Zimmer in Ordnung bringen könne.

Ein wenig vor elf Uhr trat Wera Alexandrowna, die »Nowoje Wremja« unterm Arm, bei ihm ein. Auf ihrem jungen Gesicht las man nicht die geringste Spur von Verlegenheit und Ture Ekman, der ihre Züge mit besonderer Sorgfalt prüfte, begann an seinem nächtlichen Erlebnis zu zweifeln und fast zu vermuten, daß es die schweren Weine gewesen waren, die ihm auf dem Kaminow Ostrow bloß einen Spuk vorgezaubert hatten. Als Wera ihre Augen zu ihm erhob, wandte er aus Furcht zudringlich zu erscheinen, seinen grübelnden Blick rasch ab. Indessen aber fieberte er danach, zu erfahren, ob sie es nicht doch gewesen war und welche Umstände sie wohl hatten zwingen können, sich in jener traurigen Gesellschaft der grimmigen, nächtlichen Kälte auszusetzen. Nach langem Zögern und vielen Überlegungen entschloß er sich endlich, sie vorsichtig darüber zu fragen. Aber dieser erfahrene Geschäftsmann war Frauen gegenüber von einer unglaublichen Schüchternheit, wie man übrigens schon bemerkt haben wird, und wußte nicht, in welcher Form er die nächtliche Begegnung erwähnen könnte. Über und über rot werdend, stotterte er endlich verlegen:

»Habe ich Sie heute nicht schon gesehen, Wera Alexandrowna?«

Das junge Mädchen blickte ihm mit größter Ruhe in die Augen.

»Ach, waren Sie es also wirklich, Herr Ekman, heute früh, auf dem Kaminow Ostrow? Ich dachte gleich, Ihre Stimme zu erkennen. – Aber Sie gehen wirklich zu spät schlafen.«

Und damit versenkte sie sich auch schon in die vor ihr ausgebreitete Zeitung und begann, ihm die neuesten Nachrichten vorzulesen.

Der etwas schwerfällige Schwede war durch die Worte Wera Alexandrownas und durch den Ton, in dem sie diese gesprochen hatte, jetzt vollkommen vor den Kopf geschlagen. Er wußte nicht um das mindeste mehr, als bevor er die peinliche Frage gestellt hatte, im Gegenteil. Die Unbefangenheit ihrer Antwort machte das Rätsel, dessen Lösung er näherkommen wollte, nur noch komplizierter. Er schritt einige Male im Zimmer auf und ab, hüstelte ein- oder zweimal und nahm endlich, vor dem Tisch stehen bleibend, die Zeitung, in die sie eifrig blickte, auf, faltete sie zusammen und begann Aug' in Auge mit dem jungen Mädchen zu sprechen.

»Wollen Sie mir nicht erklären, warum Sie um fünf Uhr früh im tiefsten Petersburger Winter vor der geschlossenen Tür eines Bäckers stehen müssen? Haben Sie denn keine Dienstboten? Weiß Ihr Vater davon?« (Er bemerkte, wie Wera Alexandrowna zusammenzuckte.) »Sind Sie in Nöten? Sprechen Sie doch offen zu mir, ich bitte Sie darum, Sie wissen doch, meine teure Wera Alexandrowna, daß ich große Sympathie für Sie fühle...« Ture Ekman ward ein wenig verwirrt... »Vielleicht könnte ich Ihnen zu Hilfe kommen, wenn Sie in zufällige Schwierigkeiten geraten sind. Vertrauen Sie sich mir an, mein Kind.«

Er hatte ihre Hand ergriffen und seine Stimme zitterte in starker Erregung. Auch Wera Alexandrowna verriet stärkere Gemütsbewegung, als sie jemals in seiner Gegenwart gezeigt hatte. Zum ersten Male schien es, als hätte sie sich nicht vollkommen in der Gewalt, ihr Gesicht belebte sich, ihre Brust hob und senkte sich in rascheren Atemzügen.

Ture Ekman, der dies bemerkte, verstärkte seine Bemühungen. Er legte so viel Überredungskunst in seine wiederholten Bitten, eine so teilnahmsvolle Wärme in seine Stimme, daß er freudig beobachten konnte, wie ihre Zurückhaltung nach und nach dahinschmolz. Die schönen, grauen Augen des jungen Mädchens wurden trübe und füllten sich bald mit Tränen. Das Herz des armen Ekman pochte in schmerzlichen Schlägen. Er ahnte ein tragisches Geheimnis.

»Verraten Sie mir Ihren Kummer,« drängte er mit noch größerer Entschiedenheit, »und wenn es von mir abhängt, wird Ihnen geholfen werden.«

»Sie sind so gut,« flüsterte sie endlich zu ihm geneigt. »Es ist schon allzulange, daß ich alles allein ertragen muß, ohne eine Seele zu haben, der ich mich anvertrauen kann; daß ich mich vor allen verschließen muß. Ich kann nicht mehr...« Sie seufzte. »... Ich will Ihnen alles sagen, wie einem guten Freund.«

Sie stockte einen Augenblick, um Ordnung in ihre verwirrten Gedanken zu bringen, dann begann sie, den Ellbogen auf den Tisch gestützt, ihr reizendes Gesicht in die Hand geschmiegt, mit viel Schwermut und vielleicht auch ein wenig zu feierlich, zu sprechen, denn es ist schwer in solchen Augenblicken einfach und natürlich zu bleiben.

»Herr Ture Ekmann, ich habe einen Freund, einen Freund, den ich liebe, den ich anbete und dem ich mich ganz gegeben habe.«

Als der brave Schwede diese Einleitung hörte fühlte er sich von einer bisher ungekannten Verwirrung gequält. Seine Brust zog sich zusammen, ihm wurde kalt und heiß. Die Klarheit dieses Geständnisses ließ leider nicht den geringsten Zweifel offen. Er wußte nicht, was er von dem Gefühl halten sollte, das diese Beichte in ihm hatte erwachen lassen und wagte doch auch nicht, sich darüber Klarheit zu geben. Wera Alexandrowna hatte einen Geliebten! War das zu glauben? Doch konnte er daran zweifeln? Und doch – was suchte sie zu nächtlicher Stunde vor dem Bäckerladen? Wie erklärte ihre Enthüllung jenen Umstand? Ture Ekman begriff nicht. Sie fuhr indes fort:

»Mein Freund ist ein junger Künstler, er heißt Paul. Ein Maler, von genialer Begabung, er wird sehr berühmt werden. Jetzt hat er noch keinerlei Einkommen und lebt in dürftigster Armut. Natürlich hat er gegen die ganze Clique zu kämpfen. Man versucht ihn zu unterdrücken, keine Zeitung erwähnt seinen Namen, keine Ausstellung nimmt seine Bilder. Man fürchtet ihn, eine ganze Verschwörung arbeitet gegen ihn, er steht ganz allein, aber er wird siegen!...«

Wera Alexandrowna sprach sich immer mehr in Eifer. Sie war stolz auf ihren Geliebten und wütend über die Dummheit des Publikums. Ihre schönen Augen schossen Blitze, die Empörung machte sie beredt. Niemals vorher hatte Ture Ekman sie so schön gesehen. Ganz glücklich, mit jemand von ihren Sorgen sprechen zu können, erzählte sie ihm alles. Den Beginn ihrer Liebe, wie sie Paul zufällig auf den Inseln kennen gelernt hatte, wo er im Freien malte, ein »herrliches, wundervolles Bild, ganz von Poesie erfüllt. Wenn man es ansah, glaubte man das Wasser rauschen und die Vögel zwitschern zu hören« – so schwärmerisch drückte sie sich aus. Sie waren einander nähergekommen, hatten gemeinsam Ausflüge gemacht und dann hatte sie ihn auch in seinem elenden Zimmer besucht und hier an einem Tage, da er tief unglücklich war und an sich selbst verzweifelte, hatte sie sich ihm ganz geschenkt, um ihm seinen Stolz und seine Kraft wiederzugeben, nur allzuglücklich darüber, einem gottbegnadeten Genie durch den Besitz ihres Körpers, den niemand vorher berührt hatte, einige Freude geben zu können... »Ich überließ ihm, was an mir das Wertvollste war,« sprach sie mit leuchtenden Augen weiter, »aber er erschloß mir seine Seele dafür, und was ist die armselige Gabe, die ich ihm brachte, im Vergleich zu dem wundervollen Besitz, den ich dafür eintauschte.«

Ture Ekman verlor in diesen überirdischen Regionen, in die das Mädchen entschwebte, den Boden unter seinen Füßen. Erst als sie einen Augenblick in ihrer Erzählung innehielt, kam wieder Klarheit in sein Denken und er brachte das Gespräch gewaltsam in die brutale Wirklichkeit zurück.

»Warum aber, Wera Alexandrowna, standen Sie heute morgen auf der Straße?«

Wera wurde durch diese Unterbrechung ihres Schwärmens nicht im mindesten verlegen. Ture Ekman hatte übrigens bei sich selbst festgestellt, daß keines ihrer Worte einen Versuch der Rechtfertigung darstellte und daß sie sich vollkommen darauf beschränkt hatte, ihm ihre Lage zu schildern. »Wie ich Ihnen schon erklärte.« erwiderte sie, »besitzt Paul keinerlei Einkünfte. Er wohnt bei recht armen Leuten, die ein Zimmer an ihn vermietet haben und die keine Dienstboten halten. Er müßte sich also selbst in aller Morgenfrühe anstellen, um sein Brot zu bekommen. Und Sie werden doch auch begreifen, daß dies ganz unmöglich wäre. Das Leben eines Künstlers stellt seine besonderen Anforderungen. Könnte ein Mann wie er, in dessen Kopfe die höchsten Gedanken entstehen, sich so weit herablassen, an nichtige Fragen des täglichen Lebens zu denken? Und außerdem hält Paul nicht viel aus, er macht zwar einen recht kräftigen Eindruck, das ist wahr, aber seine Lungen sind angegriffen. Die kleinste Verkühlung könnte schwere Folgen haben. Nun werden Sie verstehen, daß er sich nicht ein oder zwei Stunden dieser furchtbaren Kälte einer Petersburger Nacht aussetzen darf.«

Ture Ekman betrachtete das junge Mädchen. Sie war zart, fast gebrechlich. Er begann Paul zu verabscheuen. Was mußte das für ein Mensch sein, der imstande war, sich von einem Mädchen wie Wera, die im Luxus aufgewachsen und wahrlich ein Engel war, solche Dienste erweisen zu lassen. Und im gleichen Augenblick, da der gute Ekman voll Mitleid und Bewunderung für seine geliebte Wera war, setzte sich unabweislich der Gedanke in ihm fest, daß Pauls Genie diese Opfer des jungen Mädchens nicht wert sei. Er beschloß den Maler zu besuchen und seine Bilder anzusehen. Er wollte selbst diesen Mann beurteilen, der imstande gewesen war, seiner Freundin ein solches Maß an Liebe und Bewunderung einzuflößen.

»Sie wissen,« sprach er, seinen Gedanken ausführend, »daß ich für Bilder ein besonderes Interesse habe und – ich kann es sagen, ohne unbescheiden zu sein – auch einiges davon verstehe. Zu Hause habe ich eine kleine Sammlung moderner Gemälde. Vielleicht könnte ich sie durch ein Werk Ihres Freundes ergänzen, wenn seine Forderungen nicht allzu hohe sind. Doch abgesehen davon, würde ich mich glücklich schätzen, die Bekanntschaft eines Künstlers von solcher Bedeutung zu machen.«

Das Gesicht Wera Alexandrownas leuchtete auf vor Freude.

»Wie gut Sie sind«, rief sie und drückte dankbar seine beiden Hände. »Das wäre so lieb von Ihnen, aber ist es auch wahr, daß Sie etwas von Bildern verstehen? Sagen Sie es nicht bloß mir zulieb? Sind Sie wirklich ein Kenner?«

Ture Ekman versicherte, daß er sich viel mit Malerei beschäftigt habe und als Sammler einen gewissen Ruf genieße. Wera Alexandrownas Glück war nach dieser Erklärung unbeschreiblich. Sie verabredeten, gleich morgen zusammen zu Paul zu gehen. –

Und wie vereinbart, nahmen sie am nächsten Tage nach ihrer gemeinsamen Arbeit im Hotel Europe einen Schlitten und fuhren zusammen ihrem Ziele entgegen. Während des ganzen Weges plauderte das junge Mädchen fröhlich darauf los und der einzige Gegenstand all ihrer Worte und Gedanken war Paul.

Endlich langten sie vor dem Hause des Helden an. Es war eine jener riesigen Mietskasernen, die aus vielen, durch Höfe abgeteilten Trakten bestehen. Sie durchschritten zwei dieser Höfe und erstiegen dann eine nach den Begriffen Ekmans sehr enge, düstere Dienertreppe bis zum vierten Stock. Hier läuteten sie an einer niedrigen Tür und mußten lange warten, ehe ein mürrisches, schlampig gekleidetes Weib ihnen öffnete und sie in ein vollkommen kahles Vorzimmer einließ, aus dem ihnen ein übler Geruch von Sauerkraut entgegenschlug. Sie folgten einem mit Körben und Koffern angefüllten Gang, an dessen Ende Wera Alexandrowna die nur angelehnte Tür eines Zimmers aufstieß. Bei ihrem Eintritt erhob sich ein junger Mann aus einem alten Fauteuil und trat ihnen einige Schritte entgegen. Er war groß und stark, mit einem bleichen Gesicht, in dem eine hervortretende Nase und enge, kleine Augen auffielen. Seine ganze Haltung drückte gleichzeitig Verlegenheit und Genugtuung aus. Er schien noch sehr jung. Im Zimmer befanden sich nur wenige und elende Möbel, aber davon abgesehen, war es maßlos unordentlich und schmutzig. Zigarettenreste und Asche lagen überall herum, schmutzige Wäsche war in einem Winkel angehäuft, zertretene Farbentuben bedeckten den Boden. Das Herz des guten Ture Ekman krampfte sich bei dem Gedanken zusammen, daß seine angebetete Freundin, dieser reine, gute Engel sich in einer derartigen Umgebung den Zärtlichkeiten eines solchen Mannes überlassen hatte. Vielleicht aber verbarg Paul unter dieser wenig liebenswürdigen Hülle ein wirkliches Talent, eine kostbare Originalität, Gaben des Geistes, die alles andere aufwogen? Leider wurde Ture Ekman nur allzubald aller Zweifel enthoben. Paul zeigte seine letzten Schöpfungen. Es waren die geschmacklosesten Kompositionen, die man sich denken konnte! Nichts, als seichte, phantasielose Landschaften, ganz ähnlich den schablonenmäßigen Farbendrucken, wie man sie auf billigen Bonbonnieren häufig findet. Ture Ekman erkannte auf den ersten Blick, daß Paul keinerlei Talent und keinerlei Zukunft vor sich habe. Es fiel ihm schwer, seine Erbitterung beim Anblick dieser Arbeiten zu verbergen, die Gegenwart Pauls war ihm unerträglich geworden und er erhob sich ein wenig heftig, um Abschied zu nehmen.

In diesem Augenblick begegnete er den Augen des jungen Mädchens, die mit einem so sprechenden Ausdruck zitternder Angst

und Erwartung auf ihn gerichtet waren, daß ihn ein Schauer über-
lief. Ja, es war unverkennbar, daß ihre Seele voll banger Sorge seinem Urteil entgegenblickte. Die wundervolle Sicherheit, die im
Hotel aus ihren Worten geklungen hatte, war jetzt ganz ver-
schwunden. Nur wie ein armes kleines Mädchen stand sie vor ihm,
das die Furcht fast tötete, die Werke ihres Geliebten könnten von
einem Manne, dessen Wohlwollen sie kannte und dessen Urteil ihr
maßgebend war, schlecht gefunden werden. Ture Ekman fühlte sich
in peinlichster Verlegenheit. Er räusperte sich einige Male, um seine
Fassung wiederzugewinnen, machte einige Schritte durchs Zimmer,
griff dann plötzlich nach einem kleinen Bild und frug Paul mit ge-
preßter Stimme, welchen Preis er dafür bestimmt habe.

Paul zögerte einen Augenblick und sprach dann heiser:

»Hundert Rubel.«

Ohne ein weiteres Wort zu verlieren, entnahm Ture Ekman seiner
Brieftasche diesen Betrag und händigte ihn dem jungen Manne ein.
Dann verabschiedete er sich von Wera Alexandrowna und Paul,
wobei er dem jungen Mädchen nicht in die Augen zu blicken wagte
und ging, sein Bild unter dem Arm, aus dem Zimmer.

Ein rascher Blick, mit dem er Wera gestreift, hatte den Ausdruck
eines schmerzlich verzogenen, verschlossenen Gesichtes in sein
Gedächtnis geprägt. Bekümmert überdachte er das unglückliche
Los dieses prächtigen Wesens, das, wie in unverständlichem Wahn-
sinn ihr Leben einem unwürdigen, brutalen Egoisten geopfert hatte,
der sie bedenkenlos ausnützte. Ekman selbst war von dieser Tragödie, in die er verstrickt wurde, heftig erregt. Erst, als er wieder auf
der Straße stand, atmete er freier und übersetzte die vielen peini-
genden Gedanken, die ihn bestürmten, in einen heftigen Fluch seiner heimatlichen Sprache.

Den ganzen Tag noch verfolgte ihn die Erinnerung an die Szene
im Atelier, bei der er die Hauptrolle hatte übernehmen müssen. Er
vermochte den angstvoll auf ihn gerichteten Blick des jungen Mädchens nicht loszuwerden. »Die arme Kleine«, wiederholte er immer
wieder und war glücklich, daß es ihm gelungen war, seine wahren
Gefühle zu verbergen.

Aber am nächsten Morgen verstand er, sobald Wera Alexandrowna bei ihm eingetreten war und er ihr bleiches, ernstes Gesicht sah, daß ein Drama sich abgespielt haben mußte. Die müde Art ihrer Begrüßung, die tiefe Melancholie ihres Blickes zeigten Ture Ekman eine Wera, wie er sie bis dahin nicht gekannt hatte. Er mußte nicht lange warten, um die Ursachen einer so erschreckenden Veränderung zu erfahren. Ehe sie noch ihren Mantel abgelegt hatte, begann sie zu sprechen:

»Ich habe alles begriffen, Herr Ture Ekman, ich danke Ihnen, Sie sind ein wundervoller Mensch.«

Der arme Ekman verstand nichts von dem, was Wera sagte, aber er fühlte, daß dies ein feierlicher Augenblick sei, in dem sie einander inniger verbunden waren als je zuvor, und sein Herz schlug heftiger, als er gewünscht hätte.

Wera sprach weiter:

»Paul ist kein Talent. Jetzt weiß ich es. Es war bloß Barmherzigkeit, daß Sie ihm ein Bild abgenommen, haben. Sie haben in einer peinlichen Situation mit größtem Zartgefühl gehandelt. Die hundert Rubel aber will ich Ihnen zurückgeben.«

Die Stimme des jungen Mädchens zitterte ein wenig, denn Wera verbarg einen Teil der vollen Wahrheit. Das Geld zu beschaffen, das sie Ekman jetzt entgegenreichte, war ihr nicht leicht gewesen. Es war der Erlös eines ihrer wenigen kleinen Schmuckstücke, den sie eben von einem Juwelier in der Nähe des Hotels erhalten hatte.

Da Ture Ekman widersprach, die Zurücknahme des Geldes ablehnte und wiederholt versicherte, daß das Bild außerordentlich interessant sei, unterbrach sie ihn ungeduldig und erregt:

»Lügen Sie nicht, ich bitte Sie darum! – Sie wissen gar nicht, was Sie mir für einen großen Dienst erwiesen haben. Ich habe mich in Paul geirrt, jetzt habe ich es verstanden, ich habe mit ihm gebrochen, ich will ihn nie mehr im Leben sehen... Ich war sehr unerfahren, Herr Ekman, ich glaubte wirklich, daß er ein großer Künstler sei – es war eine Lüge. Und Ihnen verdanke ich es, daß mir die Augen aufgingen. – Aber noch eines habe ich gestern begreifen gelernt, daß Sie ein wahrhaft edler Mensch sind und es gibt nichts Selteneres auf der Welt.«

Der gute Schwede errötete, seine Überraschung war so groß, daß er nicht wußte, wie er sich verhalten solle. Dieses entzückende, junge Mädchen stand hier neben ihm, fast an ihn geschmiegt, ihre Stimme sprach so warme, vertrauensvolle Worte, und was er in ihren groß auf ihn gerichteten Augen, auf dem Grunde ihrer Seele erraten konnte, ließ ihn fast erschrecken. Wahrlich, ein anderer, kühnerer an seiner Stelle hätte diesen Augenblick nicht ungenutzt verstreichen lassen. Die Erregung, in der sich Wera befand, seine eigene Gemütsbewegung, dieses stille Zimmer, in dem sie allein waren, er fühlte, daß seine Gedanken sich zu verwirren begannen, riß sich gewaltsam aus seiner Stimmung und eilte zum Fenster.

»Wir werden zusammen ausgehen, meine verehrte Wera Alexandrowna«, sprach er, »ich habe einen Besuch zu machen, wollen Sie mich begleiten?«

»Alles will ich tun, was Sie wünschen,« war ihre Entgegnung.

Sie schritten über die vereisten Straßen von Petersburg. Ture Ekman sprach jetzt voll Eifer. Er erzählte dem jungen Mädchen seinen Lebensgang und sie lauschte ihm mit leidenschaftlicher Aufmerksamkeit. Er hatte ihren Arm ergriffen und fühlte, wie ihre Gestalt sich an ihn schmiegte. Dies war der schönste Spaziergang in Ture Ekmans Leben. Er endete vor dem Hause Weras, bis wohin Ekman sie begleitet hatte.

Von dort führte ihn sein Weg in das nahe Reisebureau, wo er für den nächsten Morgen ein Schlafwagenbillett nach Stockholm erstand, dann trat er bei einem Juwelier ein, wählte dort ein kleines Armband mit Diamanten und Perlen, kehrte ins Hotel zurück und schrieb bedächtig folgenden Brief:

»Liebe, verehrte Wera Alexandrowna!

Ein eben erhaltenes Telegramm zwingt mich, ohne Verzug nach Stockholm zurückzukehren. Ich bin außerordentlich betrübt, nicht vor meiner morgigen Abreise persönlich von Ihnen Abschied nehmen zu können. Die Tage, die ich in Ihrer Nähe verlebte, werden mir stets in kostbarer Erinnerung bleiben. Ich hoffe, daß meine eifrige Sekretärin zur Erinnerung an die Mühe, die sie mit mir hatte, dies kleine Andenken freundlichst annehmen wird.«

Brief und Schmuck übergab er dem Hotelportier am nächsten Morgen erst in dem Augenblick zur Besorgung, als er den Schlitten bestieg, um zum Finnländer Bahnhof zu fahren.

Sonja Grigorjewna

Ein Franzose, der in Rußland lebte, erzählte mir folgende Geschichte, die – wie man sehen wird – in diesen Betrachtungen über die russischen Frauen wohl ihren Platz verdient.

Ich kannte, so erzählte er, eine Schauspielerin, die in Petersburg außerordentlich beliebt war. Als ich ihr das erstemal begegnete, lebte sie mit einem gewissen Makarow, einem Mann zwischen dreißig und vierzig, einem wahren Riesen von Gestalt, der jene Art romantisch-wilder Schönheit besaß, wie sie auf viele Frauen eine unwiderstehliche Anziehungskraft ausübt. Auch Sonja war ihr verfallen – Sonja Grigorjewna, so hieß sie. Seit mehr als zwei Jahren lebten sie miteinander und sie vertrugen sich recht schlecht. Wakarow war ein Spieler und Trinker und leistete sich so manchen Seitensprung. Sonja ihrerseits galt ebenfalls nicht als unnahbar. Heftige Szenen bildeten ein tägliches Ereignis und man erzählte sich, daß er ihr bei solchen Gelegenheiten selbst Handgreiflichkeiten nicht ersparte. Sie war eine zarte, elegante Frau, die selbst bei allen ihren Abenteuern einen gewissen Stolz und den guten Geschmack nie verletzte. – Doch alles dies wußte ich nur von Freunden, denn sie selbst sprach nie ein Wort über ihr häusliches Leben zu mir.

Sie gefiel mir ausnehmend, ich umwarb sie, oft begleitete ich sie ins Theater, wenn sie zu spielen hatte und manchmal soupierten wir gemeinsam, ehe ich sie zu ihrer Wohnung brachte. Eines Abends endlich, kurz nach dem Weihnachtsfest, nahm sie eine Einladung zu mir an und nach dem Abendessen gab sie sich mir mit einer entzückenden Selbstverständlichkeit. Gegen Mitternacht blickte sie auf ihre Uhr und eröffnete mir, daß sie nicht später als um ein Uhr zu Hause sein wolle. Es war eine eisige Nacht. Die behagliche Wärme des Bettes verlassen zu sollen, um mich in den Straßen dem kalten Winde auszusetzen, hatte wahrlich nichts Verlockendes. Aber ich konnte ja Sonja Grigorjewna nicht gegen ihren Willen bei mir behalten und nach allem Vorgefallenen war es schließlich meine Pflicht sie zu begleiten. So saßen wir denn im Schlitten. Die Straßen waren ausgestorben, denn die Kälte war wirklich unerträglich. Ganz durchfroren erreichten wir endlich auf der Fontanka nahe dem Newski jenes gewaltige Gebäude, das jeder Mensch kennt, den

Tolstojhof, der mit zwei Fronten auf den Fontankanal und in die Dreifaltigkeitsstraße zu liegt. Ich glaube, er enthält mehr als zweihundert Wohnungen. Im zweiten Hof, vor dem Treppenaufgang der zu ihrer Wohnung führte, verabschiedete ich mich von Sonja Grigorjewna.

Allein geblieben, zögerte ich, in meine Wohnung zurückzukehren. Ich war halb erfroren und hatte das Bedürfnis nach etwas Alkohol, um mich zu erwärmen. Wie ich durch den ersten Hof ging, bemerkte ich im dritten Stock, in der Wohnung eines befreundeten grusinischen Fürsten, noch Licht. Ich ging hinauf und trat bei ihm ein. Es war eine zahlreiche Gesellschaft, die ich dort antraf; es wurde getrunken und gespielt. Auch ich fand bald eine Bridgepartie und spielte sehr lange mit meinem gewohnten Pech.

Endlich gegen drei Uhr nahm ich ermüdet Abschied.

Die Kälte hatte seit Mitternacht noch zugenommen. Der Alkohol im Thermometer mußte wohl schon unter dreißig Grad Réaumur gesunken sein. In der Toreinfahrt, auf der Fontanka, brannten Holzscheite in einem Kohlenbecken. Nahe dabei saß ein Dwomik auf seiner Bank, der in seinem enormen Pelzmantel kaum noch eine menschliche Gestalt verriet und reglos vor sich hinträumte.

Ich ging in der Richtung zum Newskiprospekt, um einen Schlitten zu finden. Der dunkle Himmel war von Sternen übersät. Der Wind schnitt mir ins Gesicht. Sie können sich denken, wie überrascht ich war, als ich unweit vor mir eine elegant gekleidete Dame gehen sah. »Zum Teufel«, sagte ich mir, »wie kommt die zu so später Stunde in einer so eisigen Nacht hierher?« Ich beeilte mich, sie zu überholen und wandte mich dann neugierig zurück, um sie zu betrachten. Ein günstiger Zufall wollte es, daß sie eben in diesem Augenblick an einer Straßenlaterne vorbeikam und ich erkannte – Sonja! Ihre Überraschung, als sie mich sah, war nicht geringer als meine und ich erriet sofort, daß ihr diese Begegnung alles eher als erwünscht war. »Ja, um Gottes willen, was treiben Sie hier?« rief ich, indem ich ihren Arm nahm.

Sie zögerte einen Augenblick mit der Antwort, gewiß überlegte sie, ob sie nicht böse werden und mich einfach fortschicken könne. Doch schließlich zuckte sie mit den Achseln und begann zu lachen. »Und Sie?« gab sie zurück, »Sie sind mir ja ein Feiner. Nur eine Frau genügt Ihnen also nicht für eine Nacht.« »Ich war noch eine Weile bei Tamamschew,« erwiderte ich, »habe Bridge gespielt, verloren, – doch das ist ja alles Nebensache. Aber Sie, Sonja Grigorjewna, erklären Sie mir doch, wieso ich Sie hier wieder treffe. Ich vermutete Sie schon längst in Ihrem warmen Bett. Haben Sie eine Szene zu Hause gehabt? Hat Makarow Sie nicht eingelassen?«

Und ich frug mich, nicht ohne ziemliche Unruhe, ob nicht gerade ich einen großen Teil der Schuld an den überraschenden Ereignissen, die sich abgespielt haben mochten, hätte und ob nicht ihr Besuch bei mir der eigentliche Grund dafür sei, daß ich Sonja jetzt, zu dieser Stunde, auf der Straße finden mußte.

Ich fühlte unter meiner Hand, wie der Arm der jungen Frau fröstelte. »Aber Sie holen sich ja den Tod in dieser Kälte,« sprach ich weiter, »kommen Sie, eilen wir zu mir nach Hause, es wird mir ein Vergnügen sein, Sie als meinen Gast aufzunehmen.« »Nein,« erwiderte sie, »das ist ausgeschlossen. Ich werde gleich in meine Wohnung zurückkehren, so wie es von vornherein meine Absicht war, es ist nicht das geringste vorgefallen, es ist mein vollkommen freier Wille, daß ich hier bin. Aber wenn es Sie nicht langweilt, leisten Sie mir noch eine Weile Gesellschaft.« »Aber Sie sind verrückt, liebe Freundin, reif fürs Irrenhaus. Dieser Kai wäre unser sicheres Grab. Gehen Sie nach Hause oder kommen Sie mit mir.«

»Nein, nein,« entgegnete sie hartnäckig. »Ich kann noch nicht heimkehren, ich muß noch eine Weile warten.«

In ihrer Stimme lag ein so fremdartiger Klang, daß ich voll Neugierde ein Geheimnis fühlte, das sie mir verbarg. Was konnte es wohl sein, wodurch eine so zarte, elegante Frau veranlaßt wurde, um drei Uhr morgens in einer der kältesten Nächte auf der Straße vor ihrem Hause umherzugehen? Und ich wollte sofort die Lösung dieses Rätsels erfahren.

In diesem Augenblick fuhr uns ein heftiger Windstoß entgegen und hüllte uns in eine Wolke von Schnee und Eis. Die Kälte drang uns bis ins Mark unserer Knochen.

»Sonja Grigorjewna,« begann ich nochmals mit Entschiedenheit, »ich erlaube unter keinen Umständen, daß Sie hierbleiben. Gehen wir, wohin immer Sie wollen, aber wir müssen ein Dach über unserm Kopf haben. Gibt es denn gar kein Kaffeehaus in der Nähe, das noch offen wäre?« »Alle sind schon geschlossen,« erwiderte sie, endlich nachgebend. »Aber gut, gehen wir zu Ihnen, doch der Schlitten muß warten, denn ich will um vier Uhr zu Hause sein.«

Ohne ein weiteres Wort zu sprechen, gingen wir dem Newskiprospekt zu. Als wir in der Nähe der Brücke angelangt waren, kam uns ein Schlitten entgegen. Hinter dem Kutscher saß ein Mann, in seinen Pelz gehüllt, dessen aufgestellter Kragen fast bis zu den Augen und bis zu dem Rand seiner Pelzkappe reichte, die er tief über die Ohren gezogen und in die Stirn gedrückt hatte.

Sonja Grigorjewna stieß einen leisen Schrei aus, blieb augenblicklich stehen und folgte mit ihrem Blick diesem Schlitten, der vor dem Tolstojhof stehen blieb. »Nun,« mahnte ich schon sehr ungeduldig, »kommen Sie doch weiter.« »Nein,« gab sie zurück, »jetzt ist es nicht mehr nötig.«

Und sie ließ ihre Augen nicht von dem Schlitten, der etwa hundert Schritte weit von uns stand und aus dem der Fahrgast eben entstieg, um, nachdem er den Kutscher entlohnt hatte, ins Haustor einzutreten. Jetzt wandte Sonja sich wieder zu mir. »Ich gehe nun nicht mehr mit Ihnen, aber ich werde niemals vergessen, wie lieb Sie diese Nacht zu mir waren und ich komme ein anderes Mal, – wenn Sie mich noch mögen.«

Und ihr Gesicht, das erschreckend bleich war, lächelte mir zu. »Und jetzt schenken Sie mir bloß noch ein paar Minuten,« fügte sie hinzu und entnahm im Lichte einer Straßenlaterne ihrem Handtäschchen die Puderbüchse und einen kleinen Wandspiegel, den sie mir hinhielt. »Möchten Sie nicht eine Weile den Spiegel halten?« frug sie neckisch. Und sie begann, im matten Scheine der Straßenlaterne, mit ihren kleinen Füßen im Schnee versinkend, gegen den eisigen Wind nur notdürftig durch meinen Körper geschützt, sorgfältig ein wenig Rot auf ihre Wangen aufzulegen, Lippen und Augenbrauen mit den Stiften nachzuziehen und schließlich einen Hauch von Puder auf Stirn und Nase zu tupfen.

»Ist's gut so?« frug sie, kokett zu mir aufblickend, als diese feierliche Handlung endlich beendet war.

Ich war außer mir. Stellen Sie sich vor, wie ich da gegen vier Uhr morgens auf dem ungeschützten Kai der Fontanka stehen muß, um bei sibirischer Kälte dieser ganz verrückten Person zuzusehen, wie sie mit größter Gemütsruhe ihre Toilette beendet! Und überdies verstand ich doch von alledem nicht das geringste.

»Ich verlasse Sie nicht früher, bevor Sie mir nicht endlich erklärt haben, was diese ganze Geschichte eigentlich bedeuten soll.« Mein Ton war begreiflicherweise schon ziemlich unliebenswürdig.

»Aber nicht heute,« erwiderte sie lächelnd und ihre Hand strich mit leichter Zärtlichkeit über meine Wange. »Ein anderes Mal vielleicht – wer weiß...«

Und schon war sie davongehuscht. Ich eilte nach Hause und verwünschte heftig die unverständlichen Launen der russischen Frauen. – – –

Lange mußte ich nicht warten, um meine Neugier zu befriedigen. Es war eine sonderbare Tatsache, daß ich durch diese unerwartete Begegnung ein noch viel größeres Interesse für Sonja Grigorjewna gewonnen hatte. Wirklich reizen mich gerade solche Menschen, die nicht gleich auf den ersten Blick alle ihre Geheimnisse entschleiern. Hätte ich Sonja damals auf der Fontanka nicht unter so merkwürdigen Umständen nochmals getroffen, ich weiß nicht, ob ich später noch an sie gedacht hätte. So aber ließ es mir keine Ruhe, ich mußte ihre Geschichte kennen lernen. Ich machte ihr noch stärker als vorher den Hof und mit Erfolg, denn wenige Wochen nach diesem Erlebnis hatte sie die Wohnung Makarows verlassen, um in die meine einzuziehen. Ich will das Leben, das wir einige Monate zu zweit führten, mit Stillschweigen übergehen. Es war oft sonderbar, aber obwohl es einen ziemlich heftigen Abschluß fand, hinterließ es mir doch nur angenehme Erinnerungen.

Doch lassen Sie mich Ihnen weiter erzählen, da Sie sich nun einmal für das Seelenleben der russischen Frau zu interessieren scheinen, welches Geheimnis es war, das hinter jenem nächtlichen Spaziergang Sonja Grigorjewnas ruhte.

Sie selbst erzählte mir später einmal alles. Wahrscheinlich, weil auch sie, wie fast alle russischen Frauen, dem Verlangen nicht widerstehen konnte, von ihrer Vergangenheit zu sprechen und – teuflische Geisterbeschwörer, die sie sind – in den Armen ihres Geliebten die Geister aller seiner Vorgänger zu beschwören.

»Schon lange, bevor ich dich kannte,« gestand sie mir, »liebte ich Wakarow nicht mehr. Ich wußte, daß er mich betrog und es war mir gleichgültig. Ich meinerseits verheimlichte ihm nicht meine Untreue. Doch er tat so, als würde er meinen Abenteuern gar keine Bedeutung beimessen. Aber trotzdem war ich davon überzeugt, daß er nicht an sie glaubte. Er redete sich ein, daß ich ihn immer noch liebe und daß ich bloß aus Freude daran, ihn wütend zu machen, diese Lügen von allerlei Abenteuern ersann. Er hielt sich für unwiderstehlich, und daß ein Mann, wie er, nicht vergöttert werden sollte, kam ihm gar nicht in den Sinn. Noch so genaue Einzelheiten, die ich ihm erzählte, fanden keinen Glauben. Anfangs war ich darüber wütend. Dann später kam ich zu einer anderen Auffassung. – Wenn er meine Liebe als so selbstverständlich voraussetzt – überlegte ich – liegt der Grund vielleicht darin, daß er selbst mich im Innern wirklich noch liebt. Wenn es auch keinem Zweifel unterliegt, daß er gelegentliche Liebschaften nicht verschmäht, er kehrt doch immer wieder zu mir zurück. Mit mir lebt er gemeinsam, mich will er in der Wohnung finden, wenn er heimkommt. –

Und von da ab beschäftigte mich nur noch ein Gedanke, wie konnte ich mir die Überzeugung verschaffen, ob er mich noch liebte oder nicht!

In einem Punkt war er sehr empfindlich: er hielt unbedingt darauf, daß ich da war, wenn es ihm gefiel nach Hause zu kommen. Dabei mußt du wissen, daß wir selten beisammen waren ohne zu streiten. Natürlich hatte er hundert Argumente, um seinen Wunsch zu begründen. Der Samowar mußte vorbereitet sein, die Öfen gut geheizt und dergleichen mehr. – Nun, ich trachtete natürlich, soweit es irgend möglich war, zu der Stunde, zu der er zurückzukommen pflegte und besonders abends meine Zeit so einzuteilen, daß ich nicht vor ihm zu Hause war. Ich malte es mir aus, wie Wakarow mich in allen Zimmern suchte und schließlich wutentbrannt einige Möbel zerschlug ...«

Bei der Erinnerung an die Marter, denen sie ihren Freund ausgesetzt, funkelten Sonjas Augen vor Vergnügen. »An jenem Tag,« fuhr sie fort, »da ich zum ersten Wale bei dir war, hatte mir Makarow beim Fortgehen gesagt, er werde um Mitternacht nach Hause kommen und wolle etwas essen, bevor er zu arbeiten beginne. Du wirst dich erinnern, daß es mir sehr wichtig war, nicht vor ein Uhr heimzugehen. Aber du kannst dir meine Wut vorstellen, als ich in unsere Wohnung kam und er noch nicht da war. Ich zögerte keinen Augenblick und ging wieder fort ...«

»Und so bist du zwei Stunden vor dem Haus auf und ab gegangen, hast in der eisigen Nacht eine Lungenentzündung riskiert – einzig und allein, um eine lächerliche Genugtuung zu genießen, wenn du an die Enttäuschung Wakarows bei seiner Rückkehr dachtest... Aber, das ist doch kindisch, liebste Sonja!«

Sie blickte mich verständnislos, erstaunt an.

»Du bist ein Franzose ...«

Achselzuckend fielen diese Worte, nichts fügte sie hinzu, als würde damit auf den Abgrund, der uns trennte, genügend hingewiesen sein.

Aber ich wurde ärgerlich.

»Trotzdem verstehe ich manches besser als du meinst. Und vor allem sehe ich, daß du ihn immer noch liebtest, obwohl du es dir selbst nicht eingestehen wolltest. Und sicher liebte auch er dich. Und beide habt ihr voreinander Verstecken gespielt. Aber der Teufel soll mich holen, wenn ich jemals Leute sah, die solches Spiel mit einem derartigen Einsatz spielten. Du weißt doch, daß du damals nachts auf der Fontanka dein Leben riskiertest!«

Sie entgegnete nichts. Ein langes Schweigen entstand.

»Und als du dann heimgingest,« unterbrach ich endlich die Stille, »was geschah dann? - Da hast du wohl deine Szene gehabt, die Szene, die du erwartet hattest, die du provozieren wolltest, ohne die du scheinbar ebensowenig den Tag beschließen und ruhig schlafen konntest, wie ein Morphinist ohne seine Injektion?«

Sonja schmunzelte.

»Nein,« begann sie wieder zu sprechen, es gab nicht die geringste Szene, und der Schluß meiner Geschichte ist ein ganz anderer. Da dich solche Verrücktheiten zu interessieren scheinen, will ich ihn dir erzählen. - Du erinnerst dich, daß ich damals etwa zehn Minuten nach Wakarow nach Hause kam. Nun, ich leg' dir eins zu hundert, daß du niemals erraten wirst, wie ich ihn gefunden habe... Die Wohnung war finster, nicht in einem einzigen Zimmer brannte Licht. Makarow lag schon im Bett und er schlief mit geballten Fäusten. Er schlief! – Na, du kannst dir denken, daß ich nicht so dumm war ihm aufzusitzen. Er machte, als wenn er schlafen würde! Er wollte mich dadurch fühlen lassen, wie vollkommen gleichgültig es ihm sei, ob ich da war oder nicht, wie und wo ich meine Nächte zubringe, wenn nur sein Schlaf nicht gestört würde ... Ich aber konnte ein Lachen nicht zurückhalten, wenn ich daran dachte, in welcher fieberhaften Eile er sich ausgezogen haben mußte, ohne selbst seine gewohnte letzte Zigarette zu rauchen – nur, um schon schlafend zu scheinen, wenn ich zufällig knapp nach ihm kommen sollte. Und ich dachte über diesen Schwindel, den er mir vormachte, nach. Er wollte sich um jeden Preis den Anschein der Gleichgültigkeit geben – also war er es in Wahrheit durchaus nicht. Jetzt sah ich klar und jetzt wußte ich die Wahrheit: er liebte mich immer noch. O, ich kann dir nicht sagen, wie glücklich ich in diesem Augenblicke war. Alle Leiden, die die Kälte mir in den furchtbaren zwei Stunden des Wartens verursacht hatte, waren reichlich belohnt ... Und siehst du, trotzdem du nie eine Russin wirst begreifen können, vielleicht hattest du in dem, was du vorhin sagtest, nicht so ganz unrecht. – Bis zu jenem Tage, da ich mir endlich die Sicherheit verschaffte, in der Zeit, da ich noch an ihm zweifelte, da liebte ich ihn noch. Aber von dem Augenblicke an, da ich den Beweis seiner Gefühle hatte, verlor ich jedes Interesse an ihm. Er war jetzt einfach Luft für mich und ich konnte gar nicht begreifen, wieso ich mit diesem brutalen Menschen so lange hatte beisammen bleiben können ... Was dann weiter kam, das weißt du ja und den Beweis für die Wahrheit meiner Worte, den hast du vor Augen, denn sonst wäre ich jetzt nicht bei dir.«

Über tredition

Eigenes Buch veröffentlichen

tredition wurde 2006 in Hamburg gegründet und hat seither mehrere tausend Buchtitel veröffentlicht. Autoren veröffentlichen in wenigen leichten Schritten gedruckte Bücher, e-Books und audio-Books. tredition hat das Ziel, die beste und fairste Veröffentlichungsmöglichkeit für Autoren zu bieten.

tredition wurde mit der Erkenntnis gegründet, dass nur etwa jedes 200. bei Verlagen eingereichte Manuskript veröffentlicht wird. Dabei hat jedes Buch seinen Markt, also seine Leser. tredition sorgt dafür, dass für jedes Buch die Leserschaft auch erreicht wird.

Im einzigartigen Literatur-Netzwerk von tredition bieten zahlreiche Literatur-Partner (das sind Lektoren, Übersetzer, Hörbuchsprecher und Illustratoren) ihre Dienstleistung an, um Manuskripte zu verbessern oder die Vielfalt zu erhöhen. Autoren vereinbaren direkt mit den Literatur-Partnern die Konditionen ihrer Zusammenarbeit und partizipieren gemeinsam am Erfolg des Buches.

Das gesamte Verlagsprogramm von tredition ist bei allen stationären Buchhandlungen und Online-Buchhändlern wie z. B. Amazon erhältlich. e-Books stehen bei den führenden Online-Portalen (z. B. iBookstore von Apple oder Kindle von Amazon) zum Verkauf.

Einfach leicht ein Buch veröffentlichen: **www.tredition.de**

Eigene Buchreihe oder eigenen Verlag gründen

Seit 2009 bietet tredition sein Verlagskonzept auch als sogenanntes "White-Label" an. Das bedeutet, dass andere Unternehmen, Institutionen und Personen risikofrei und unkompliziert selbst zum Herausgeber von Büchern und Buchreihen unter eigener Marke werden können. tredition übernimmt dabei das komplette Herstellungs- und Distributionsrisiko.

Zahlreiche Zeitschriften-, Zeitungs- und Buchverlage, Universitäten, Forschungseinrichtungen u.v.m. nutzen diese Dienstleistung von tredition, um unter eigener Marke ohne Risiko Bücher zu verlegen.

Alle Informationen im Internet: **www.tredition.de/fuer-verlage**

tredition wurde mit mehreren Innovationspreisen ausgezeichnet, u. a. mit dem Webfuture Award und dem Innovationspreis der Buch Digitale.

tredition ist Mitglied im Börsenverein des Deutschen Buchhandels.

Dieses Werk elektronisch lesen

Dieses Werk ist Teil der Gutenberg-DE Edition DVD. Diese enthält das komplette Archiv des Projekt Gutenberg-DE. Die DVD ist im Internet erhältlich auf **http://gutenbergshop.abc.de**